시크릿 박스

김 혜 정 장편소설

(주)자음과모음

차
례

1부
재고 처리반

SECRET BOX

상자들

여울은 멍하니 서 있었다.

커다란 상자들이 켜켜이 쌓여 거실을 가득 메우고, 그것도 모자라 현관까지 나와 있다. 여울은 상자들을 헤치고 집 안으로 들어왔다. 혹시 엄마가 집에 있을까 싶어 "엄마~"하고 몇 번을 불렀다. 조용하다. 집에 아무도 없나 보다.

눈에 보이는 상자를 하나 열어봤다. 내용물을 보니 엄마 가게에서 가져온 게 맞다. 엄마가 상자들을 대충 거실에 쌓아두고 나간 듯하다. 그나저나 이 상자들을 가게에서 집까지 어떻게 다 가져왔는지 모르겠다. 용달차를 부르면 돈이 든다며 어제저녁 엄마가 걱정하는 소릴 들었다.

여울은 가슴 깊숙이 숨을 들이마신 다음 오른쪽 볼에 바람을 가득 채운 후 입가로 천천히 빼내었다. 가슴이 답답할 때 한숨을 내쉬는 여울만의 방법이다. 이렇게 하면 남들이 볼 때 한숨을 쉬는 줄 모른다.

교복 재킷을 벗은 후 블라우스 소매를 팔꿈치 위로 걷어 올렸다. 상자들을 이대로 계속 거실에 둘 수 없다. 여울은 제일 먼저 눈앞에 있는 커다란 상자를 들었다. 베란다 문 옆에 빈 공간이 있다. 벽 쪽으로 상자를 차례대로 쌓을 거다.

여울은 널브러져 있는 상자를 하나씩 들어 크기에 맞춰 쌓기 시작했다. 상자를 쌓다 보니 어렸을 때 했던 컴퓨터 게임이 떠올랐다. 아바타를 조종해 블록을 쌓는 거였는데 그때는 이렇게 블록이 무거울 거란 생각을 하지 못했다.

세 시간 정도가 지나서야 상자 정리가 어느 정도 끝났다. 이렇게 정리를 하고 보니 거실이 제법 깔끔해졌다. 정리 전에는 발 디딜 틈이 없었지만 지금은 사람이 움직일 공간이 확보되었다. 정돈된 모습을 보면 다른 가족들의 답답함도 많이 줄어들 거다.

거실 벽 쪽으로 상자를 쌓는 것만으로는 공간이 부족하여 여울은 안방과 제 방에도 상자를 가져왔다. 동생 여랑의 방에는 가져다 두지 않았다. 여랑이는 당장이라도 상자를 들어 바깥으로 내던질지도 모른다. 요즘 여랑의 히스테리가 장난이 아니다. 여랑은 중학교 2학년이 아니라 마치 고3 같다. 고3도 여랑이만큼 스트레스를 받으며 공부하지는 않을 거다. 시험기간이 가까워지면 한밤중에 여랑은 악악 하고 소리를 지르기도 했다. 여랑은 2학년이 되면서 성적이 많이 떨어졌고 그 스트레스를 모두 다 집에서, 더 정확히 말하자면 여울에게 풀고 있다. 여울이 위로하기 위해 "시험 다음에 잘 보면 되지 뭐"라고 말하면 여랑은 언니가 뭘 아느냐며 도리어 더 화를 냈다. 여울이 올해 유비고(유한 비즈니스 고등학교)에 입학한 이후로 여랑은 대놓고 여울을 무시했다.

여울이 소파에 앉아 쉬고 있는데 현관문이 열렸다. 여랑이다. 고등학생인 여울이보다 중학생인 여랑이의 하교 시간이 더 늦다. 여랑이는 학원에 다녀 밤 9시가 훌쩍 넘어서야 집에 왔다.

"저녁 먹었어?"

"당연하지. 지금 몇 신데. 근데 저 상자들은 다 뭐야?"

"엄마 가게에서 가져온 거야."

"아, 짜증나. 저걸 다 어떻게 해."

여랑은 그 말을 남긴 후 방으로 들어갔고 여울은 주방으로 들어왔다. 여울은 혹시나 여랑이 저녁을 먹지 않았을까 봐 기다렸다.

밥솥을 열어보니 밥이 없다. 지금 밥을 새로 하기엔 시간이 걸릴 것 같아 냄비에 물을 받아 가스레인지에 올렸다.

"라면 먹을래?"

여랑의 방 쪽에 대고 물었다. 여랑은 먹지 않겠다고 대답했다.

"진짜 안 먹을 거야?"

"안 먹는다고!"

"너 이따가 딴소리 하지 마."

라면이 다 끓었다.

냄비를 들어 식탁 위에 옮긴 후 막 라면을 먹으려던 참이다. 그때 옷을 갈아입은 여랑이 주방으로 들어왔다.

"나도 먹어야겠다."

여랑이 젓가락을 가져와 냄비 속의 라면을 집어 올렸다. 아깐 안 먹겠다며, 라고 한마디 하고 싶었지만 여울은 그만두었다.

"근데 라면 하나가 왜 이렇게 많아?"

"두 개거든."

"혼자 두 개나 먹으려고?"

"아니. 너 먹을 줄 알고 두 개 끓였어."

"내가 안 먹는다고 하면 어쩌려고 그랬냐?"

여울은 그럴 리가 없잖아, 라는 말을 하는 대신 아무 대꾸도 하지 않았다. 그 말을 했다가는 여랑과 싸울 게 분명하다. 여울은 역시 자신의 판단이 옳았다는 데 만족했다. 만약 여울이 라면을 하나만 끓였다면 여랑은 라면 양이 적다며 툴툴거렸을 것이고, 여울은 여울대로 라면을 먹지 못해 배가 고팠을 거다. 동생을 제일 잘 아는 사람이 자신이라고 생각하고 있는데 라면을 다 먹은 여랑이 소리쳤다.

"뭐야. 언니 너 때문에 괜히 라면 먹었잖아. 밀가루 많이 먹으면 여드름 더 많아진다고. 무슨 라면을 두 개나 끓였냐? 내가 라면 아까워서 어쩔 수 없이 먹은 거라고."

여랑이 울상을 지었고 여울은 당황했다. 여울은 여기까지는 생각하지 못했다. 여울의 계산은 여랑이 라면을 뺏어 먹는 것까지였다. 요즘 여랑이 여드름 때문에 고민하고 있다는 건 알았지만 여드름과 라면이 연관 있을 줄은 몰랐다.

"괜찮아. 라면 하나 먹었다고 여드름이 더 심해지겠어?"

"더 심해져? 그럼 너도 나 여드름 많이 났다는 거 인정하는 거지? 지난번엔 아니라며?"

"아니. 누가 많이 났대? 별로 안 났어. 아니, 네 나이 때 그 정도 여드름은 다 있다고. 나도 그랬어."

여울이 둘러댔지만 이미 여랑의 입이 잔뜩 나왔다.

"몰라!"

여랑이 투덜대며 거실로 나가더니 소파에 앉아 텔레비전을 켰다. 여울은 여랑의 기분을 달래줄 겸 여랑 옆에 가서 앉았다. 여랑은 리모컨에 화풀이라도 하듯 리모컨 채널 버튼을 세게 눌렀다.

"아, 맞다!"

여울은 상자가 쌓여 있는 벽 쪽으로 갔다. 아까 상자를 정리하면서 봤던 게 떠올랐다.

"여랑아, 너 이거 써 봐."

여울은 상자에서 화장품 하나를 꺼냈다.

"그게 뭐야?"

"여드름 난 곳에 바르면 좋대. 우리 반 애들도 이거 쓰는데 좋다더라."

여랑은 화장품을 받아 겉면에 적힌 설명을 읽었다. 여드름이 난 부위에 바르는 여드름용 스팟 젤로 면봉에 찍어 여드름이 난 곳에 바르면 된다.

"얼른 세수하고 와. 내가 발라줄게."

여랑은 툴툴거리면서도 소파에서 일어나 화장실로 갔다.

"언니, 세수만 하면 돼?"

여랑이 세수를 하고 나와 물었다. 언니라고 부르는 걸 보니 기분이 좀 풀렸나 보다. 여랑은 기분이 좋을 때만 여울에게 언니라고 불렀다. 평소에는 너, 라거나 언니 너, 라고 부른다.

"스킨은 발라야 한대. 아니, 그냥 와. 여기 스킨이랑 화장 솜도 있어."

여울은 다른 상자에서 보았던 스킨과 화장 솜도 꺼냈다.

여랑이 여울의 다리를 베고 누웠다. 여랑의 여드름이 조금 더 늘었다. 성장 호르몬 때문이기도 하지만 아무래도 성적 때문에 스트레스를 많이 받아 그런 것 같다. 스트레스도 수도꼭지처럼 조절 밸브가 있어서 받는 사람이 스스로 양을 선택할 수 있으면 좋겠다. 많다 싶으면 밸브를 눌러서 줄이는 거다. 그러면 스트레스가 덜 스트레스가 될 텐데. 하지만 그렇게 되면 아무도 스트레스 밸브를 열지 않아 스트레스 자체가 과부하로 터질 거다.

화장 솜에 스킨을 듬뿍 바른 다음 여랑의 얼굴을 닦았다. 그 다음 면봉에 여드름용 스팟 젤을 조금씩 짠 후 여랑 얼굴에 난 여드름 위에 발랐다.

"언니, 이거 엄청 따갑다."

"그래? 효과가 있긴 한가 보다."

"엄마는 저렇게 많으면서 왜 우리는 하나도 안 준 거야?"

"그때는 파는 거였으니까."

화장품 가게는 엄마의 일곱 번째 가게였다. 재작년 엄마는 화장품 가게를 인수했다. 여섯 번째 가게였던 커피숍이 잘 되지 않아 급하게 커피숍을 닫은 후 선택한 가게다. 한국인의 1인 커피 소비량이 1년에 300잔이 넘는다는 이야길 듣고, 엄마는 버스 정류장 근처에 있는 가게를 임대해 커피숍을 열었다. 비싼 커피 기계도 사들이고, 인테리어도 예쁘게 하고, 바리스타까지 고용했다. 근처에 사무실이 많아 커피숍이 잘 될 거라고 기대했다. 하지만 엄마가 예상하지 못한 일이 생겼다. 근처에 대형 프랜차이즈 커피숍이 줄줄이 들어서기 시작했고, 브랜드 없는 엄마 가게의 손님은 줄어들었다. 결국 가게는 문을 닫게 되었다. 높은 임대료를 감당할 수 없었기 때문이다.

그 후 엄마는 임대료도 낮고 종업원을 따로 고용할 필요 없는 화장품 가게를 선택했다. 기존에 있던 화장품 가게를 인수한 거라 엄마가 따로 준비할 건 없었다.

아빠는 요즘 인터넷 구매가 많아지고 브랜드 화장품 로드 숍이 많아졌는데 장사가 잘되겠냐며 말렸다. 하지만 엄마가 선택할 수 있는 건 없었다. 인생은 아이스크림 가게에서 아이스크림을 고르는 일과 다르다. 서른한 가지 중의 하나를 선택하기보다, 고작 두, 세 가지 중의 하나를 골라야 할 때가 더 많다. 어떤 때는 한 가지 중의 하나를 골라야 할 때가 있다. 엄마에겐 그랬다. 화장품 가게라도 하느냐 아니면 아무 것도 하지 않느냐.

아빠의 우려대로 화장품 가게의 수익은 그리 높지 않았다. 엎친 데 덮친 격으로, 상가의 임대계약이 끝나고 재계약을 앞둔 시점에서 갑자기 상가 주인이 나가달라고 했다. 상가 주인 할아버지의 아들이 화장품 가게 자리에 식당을 열 거라고 했다. 엄마는 급하게 주변 다른 상가를 알아봤지만 다들 그 전 상가 보증금과 임대료의 두 배를 요구했다. 그 임대료를 내면 수익은 마이너스다.

결국 엄마 손에는 어떤 선택지도 남지 않았다. 엄마에겐 화장품 재고만이 잔뜩 남았을 뿐이다.

"언니, 난 머리가 나쁜가 봐."

여랑은 마사지를 받는 사람처럼 편하게 누워 눈을 감고 있다.

"그게 무슨 소리야?"

여울이 묻자 여랑은 눈을 감고 있는 상태로 그 다음 말을 이었다.

"혜미 알지? 고 계집애가 그러더라고. 나 같은 애들은 학년이 올라갈수록 성적이 떨어질 거래. 머리는 나쁘면서 노력 때문에 성적이 잘 나오는 거라나? 고등학생 되면 다 같이 공부 많이 할 거니까 그땐 머리 싸움이래."

"혜미 걔 못됐다. 너한테 직접 그렇게 말해? 너랑 친한 거 아니었어?"

"몰라. 친구긴 한데 친한 건 아냐. 걔가 중간고사에서 나보다 성적 잘 안 나왔거든."

"혜미가 너 질투하는 거야."

"그렇긴 한데 걔 말이 틀린 거 같진 않아. 언니도 알다시피 우리 집 사람들이 그리 머리가 좋은 건 아니잖아. 친척 중에 좋은 대학 나온 사람도 없고. 우리 반 1, 2등 하는 애들 부모님은 다 연고대 나왔대. 형제들도 특목고 다니고 걔들도 특목고 준비해. 걔네는 나중에 당연히 좋은 대학 가고 좋은 직업도 갖고 편하게 살겠지?"

여울은 여랑이의 말이 불편하기보다 여랑이 안됐다는 생각이 들었다. 여랑은 끊임없이 등수를 매긴다. 나는 몇 등 정도 되었을까, 몇 등을 할 수 있을까 하고 계산을 한다. 여랑은 어렸을 적부터 그랬다. 높은 등수 안에 들기 위해, 상을 받기 위해 노력했다. 친구가 피아노 학원을 다니면 여랑도 다녀야 했고, 친구가 영어 경시대회에 나가면 여랑도 나가야 했다. 엄마는 여랑이 욕심이 많은 것은 좋은 거라며 칭찬했다. 하지만 여울은 그런 여랑이 피곤해 보이기만 했다.

"여랑아. 좋은 대학 안 나와도 잘살 수 있어. 대학이 인생의 전부는 아니야."

"무슨 소리야? 좋은 대학을 나와야지 좋은 직업을 가질 수 있어."

여랑이 눈을 번쩍 뜨면서 말했다.

"하긴, 언니 너가 뭘 알겠어. 됐다, 됐어."

여랑이 몸을 일으켜 여울의 다리에서 일어났다.

"제발 철 좀 들어. 나중에 나이 들어 어쩌려고 그래?"

여랑은 소파에 몸을 기대며 말했다.

"내가 뭘?"

"언니 너, 나중에 하고 싶은 일이라도 있어? 그저 그런 대학 나와서 취업 못하고 빌빌 거릴 거면 지금부터 자격증이라도 좀 따놔. 그래야 취업할 수 있을 거야. 미래가 걱정도 안 돼? 우리는 아마 백 살까지 살 거야. 그런데 직업이 없으면 어떻게 살려고? 적어도 일흔 살까지는 일해야 하는데, 정규직이 아니면 몇 년 일하지도 못한다고."

여랑의 잔소리가 시작되었다. 엄마, 아빠도 여울에게 하지 않는 잔소리를 여랑이 대신 다 한다. 여랑이 여울에게 잔소리를 하는 이유는 모두 당장 닥칠 일 때문이 아닌 30년, 40년 후 때문이다.

여랑이 지금처럼 정규직이니 노후니 하는 말을 할 때면 여울은 웃음이 나오는 걸 간신히 참는다. 자기도 겪어보지 않았으면서 어디서 주워들은 걸 가지고 여랑은 매우 심각하게 이야기한다. 마치 유치원에서 좋아하는 여자애가 생긴 다섯 살짜리 꼬마가 한숨을 쉬며 사랑이 뭐니, 인생이 뭐니 토로하는 것 같다.

"언니, 우리 학교 원어민 샘이 그러는데 외국 애들한테 흥부와 놀부 이야기를 해주면 걔네는 놀부가 나쁜 사람이라고 하지 않는대."

"왜?"

"물론 놀부가 못된 짓을 하고 다니긴 했지만, 우리가 놀부를 나쁜 사람이라고 하는 가장 큰 이유는 동생 흥부를 돕지 않았기 때문이잖아. 하지만 외국 애들은 그렇게 생각 안 한대. 책임지지도 못하면서 애를 많이 낳은 흥부가 잘못한 거고, 형제라고 놀부가 무조건 동생을 도울 필요는 없다는 거지. 나도 그 생각에 동의해. 놀부가 나쁘다고 생각 안 해."

"근데 그게 뭐?"

"언니 너, 나중에 나한테 도와달라고 하지 말라고."

"이게 정말?"

더 이상 여랑을 귀엽다, 귀엽다 할 수만은 없었다. 여울이 여랑의 머리를 한 대 쥐어박고 싶은 걸 간신히 참고 있는데 현관문이 열리며 엄마와 아빠가 집으로 들어왔다.

엄마의 어깨가 축 늘어진 걸 봐서 상황이 별로 좋지 않은 것 같다. 엄마는 화장품 가게를 닫을 결심을 한 후 화장품 재고를 처리하기 위해 여기저기 알아보고 다녔다. 화장품 회사에서 반품을 해줄 수 없다고 하여 다른 화장품 가게에 직접 팔려고 했지만 그조차 여의치 않았다. 오늘도 별 수확이 없나 보다.

"너희 둘은 뭐가 그리 신났어? 화장품 실컷 바르니까 좋디?"

엄마가 거실 탁자 위에 놓여 있는 화장품을 보더니 여울과 여랑에게 화를 냈다.

"어차피 이 화장품들 다 팔지도 못하잖아. 하나쯤 쓰면 뭐 어때?"

여랑이 지지 않고 엄마에게 대들었다.

"그래. 갖다 버리든지 남을 주든지 니들 마음대로 해라, 해!"

엄마가 버럭 소리를 지르며 안방으로 들어갔고 여랑도 짜증난다며 방으로 들어갔다. 거실에는 여울과 아빠만 남았다.

"아빠, 이 화장품들 이제 어떻게 해?"

"덤핑 처리를 하든가 해야지 뭐."

"그러면 손해 많이 보는 거 아니야?"

아빠는 대답 대신 씁쓸하게 웃기만 했다.

"여울아, 그래도 걱정하지 마. 이번 달 아빠 반성문 일 좀 들어왔어."

부동산에서 일을 하는 아빠는 작년부터 반성문 대필 작가를 하고 있다. 기업체나 연예인들이 물의를 일으켰을 때 반성문을 대신 써주는 일이다.

"여울아, 덤핑 처리하기 전에 쓰고 싶은 화장품 있으면 빼 놔. 친구들도 좀 가져다주고."

"알았어."

여울은 아빠에게 잘 자라는 인사를 하고 방으로 들어왔다.

여울의 책상 위에도 화장품이 들어 있는 상자가 여러 개 쌓여 있다. 여울은 상자를 하나씩 열었다. 첫 번째 상자에는 비비크림이 들어 있고 두 번째 상자에는 스킨이 들어 있다. 가게에 남은 화장품은 대부분 십, 이십대용이다. 가게 문을 닫기 2주 전부터 급하게 화장품을 처리하기 위해 세일을 했는데, 엄마 연령대의 여자들이 사용하는 화장품은 그나마 동네 아줌마들이 사줘서 판매가 되었다.

아빠 말대로 덤핑으로 넘기기 전에 화장품을 조금 친구들에게 가져다주는 게 좋을 것 같다. 여울은 상자 속에서 친구들이 쓸 만한 화장품을 골라 꺼냈다.

창업경진대회

1교시 수업이 시작하기 전 여울은 다솜에게 손바닥보다 조금 큰 선물 상자를 내밀었다.

"이게 뭐야? 나 주는 선물이야? 그런데 웬 선물?"

다솜의 물음에 여울은 대답 대신 미소만 지었다. 다솜이 쉬지 않고 말을 하기도 했지만 선물이라고 말하기에도 좀 뭐했다. 하지만 이왕 주는 거 선물처럼 주고 싶어서 일부러 리본이 달린 상자에 넣어왔다. 집에는 엄마 가게에서 가져온 선물 포장용 상자도 많았다.

다솜은 상자를 열어보더니 꺅 하고 소리를 질렀다.

"안 그래도 나 이거 사려고 했는데. 어쩌면 내가 필요한 제품들만 쏙쏙 잘도 골라왔어?"

다솜은 상자에서 비비크림과 틴트를 꺼내 곧 바로 얼굴과 입술에 발랐다.

"네 덕분에 나 이번 달 용돈 굳었어. 이 틴트 색깔 너무 예쁘다. 나한테 잘 어울리지?"

여울이 그렇다고 고개를 끄덕였다. 다솜의 입술이 금세 복숭아 빛으로 물들었다. 다솜이 좋아하는 모습을 보니 여울의 기분도 조금은 나아졌다. 하지만 옆에 있는 유준은 계속 여울의 눈치를 살폈다.

"적당히 좀 해라."

유준이 팔꿈치로 다솜의 팔을 툭툭 쳤다.

"왜?"

"넌 눈치도 없냐?"

유준은 다솜에게만 보이도록 입모양으로 말하며 여울을 좀 보라고 눈을 찡긋거렸다. 그제야 다솜은 틴트 뚜껑을 닫았다.

"야, 나 괜찮아. 너희 왜 그래? 난 오히려 다솜이가 좋아하니까 더 좋다. 이 녀석들이 지금 어디에서도 환영받지 못하고 있단 말야. 이렇게 한 사람이라도 열렬히 환영해주는 게 어디야? 자, 그리고 이건 유준이 네 거."

여울은 유준에게도 상자를 주었다. 남성용 화장품도 집에 많다. 유준은 고맙다고 말하면서도 미안한 표정을 지었다.

"화장품 덤핑처리 할 것 같아. 너희들 필요한 화장품 있으면 말해. 내가 더 갖다 줄게."

다솜이 좋다고 고개를 끄덕이려다가 유준의 눈치를 보고 그만두었다.

"수업 시작하기 전에 화장실 갔다 오자."

여울과 다솜이 자리에서 일어났고 유준도 따라 일어섰다.

셋이 나란히 복도를 걷고 있는데 담임선생님과 마주쳤다. 선생님은 조회를 할 건데 어디를 가느냐고 물었고, 다솜이 금방 화장실에 다녀오겠다고 대답했다.

"너희 셋은 화장실도 같이 가냐? 맹유준, 설마 너 쟤네 따라 여자 화장실에 같이 가는 거 아냐?"

"쌤은 무슨 말씀을. 그만 좀 놀리세요."

유준은 말은 그렇게 하면서도 여울, 다솜과 함께 화장실 쪽으로 걸어갔다. 유준은 남자아이들보다 여울, 다솜과 더 친하게 지냈다. 마케팅 디자인과에 남자아이들이 적기도 했지만 그보다 여울, 다솜과 더 잘 맞았다.

여울과 유준은 유비고 입학 전부터 알았다. 여울이 즐겨보는 만화 〈원피스〉 팬카페에서 유준을 알게 되었는데 유준도 유비고에 원서를 낼 거라고 했다. 알고 보니 둘 다 마케팅 디자인과 지원자였다. 여울은 마케팅에 관심이 있었고 유준은 디자인 공부를 하고 싶어 했다.

둘은 입시 정보를 주고받으며 친해졌다. 면접 날 처음 만났는데 오래 연락을 했던 사이라 어색하지 않았다. 입학 전까지 계속 친하게 지냈다. 몇 번 만나 영화를 보고 밥도 먹었다. 여울은 유준과 성격이 잘 맞았다. 유준은 중학교 때 같은 반이었던 남자아이들과는 달랐다. 조근조근 말도 잘했고 여울과 취향도 비슷했다.

입학 후 유준과 여울은 같은 반이 되었고 여울의 첫 짝이 다솜이다. 다솜은 유준을 짝사랑했고 중간에서 여울이 도와줘 둘이 사귀게 되었다. 그 후로 셋은 삼총사처럼 붙어 다니고 있다.

화장실 앞에서야 유준은 여울, 다솜과 헤어졌다.

"저기."

화장실 빈칸으로 들어가려는데 다솜이 여울을 불렀다.

"미안. 내가 너무 눈치 없이 굴었지?"

"너까지 왜 그래? 나 괜찮아. 그리고 내가 너한테 얻어먹은 떡볶이가 몇 그릇인데. 별 거 아니지만 이렇게라도 나도 너한테 뭘 줄 수 있어서 좋아."

빈 칸으로 들어오며 여울은 자기 때문에 친구들이 괜히 눈치를 보는 게 아닌가 싶어 걱정이 되었다. 요 며칠 다솜과 유준에게 집안 이야기를 많이 하긴 했다. 친구들까지 걱정시키고 싶진 않다. 여울은 아무래도 앞으로는 우울한 티를 덜 내야겠다고 다짐했다.

점심시간이 끝난 후 여울은 다솜, 유준과 함께 동아리 교실로 갔다. 매주 금요일 5교시는 동아리 활동을 한다. 셋은 쇼핑몰 창업반이다. 처음 동아리를 선택할 때 여울은 실제로 창업을 할 수 있을 거란 기대를 가졌다. 비즈니스 고등학교에 어울리게 동아리도 인문계 고등학교와 달리 특이한 게 많았다. 하지만 특성화 학교인 비즈니스 고등학교가 별로 특별한 게 없듯 동아리도 마찬가지다. 10월이 되었지만 지난 7개월 내내 한 것이라고는 쇼핑몰 창업에 관한 동영상 보기가 전부였다.

"너희들, 이거 봤어?"

동아리 담당 선생님이 칠판에 붙어 있는 포스터를 가리켰다. 중간쯤 앉은 여울은 포스터 글씨가 잘 보이지 않았다. 그건 다른 아이들도 마찬가지였나 보다. 몇몇 아이들이 포스터가 안 보인다고 대답했다.

"우리학교에서 창업경진대회를 할 거야. 너희에게 당장 창업을 하라는 건 아니고, 계획서를 써서 내거나 제품을 직접 만들어 제출하면 돼. 다음 달 말까지야."

아이들의 반응이 심드렁했다. 뭘 하든 나와는 상관없다는 태도다.

"1등 상금이 100만 원이야."

선생님의 말이 끝나자마자 책상에 반쯤 엎드려 있던 아이들이 몸을 일으키며 진짜냐고 물었다.

"어떻게 하면 된다고요?"

"진짜 100만 원인 거죠?"

몇 몇 아이들은 교탁 앞까지 뛰어나와 포스터를 핸드폰 카메라로 찍었다. 다솜도 그 중 한 명이었다.

"그런데 갑자기 왜 이런 걸 하는 거예요?"

"왜 하긴. 너희들을 위해서 하는 거지."

동아리 담당 선생님이 그렇게 말은 했지만 유한 비즈니스고에서 창업경진대회를 개최하게 된 사연은 이렇다. 유한 비즈니스고와 라이벌 관계인 신우 비즈니스 고등학교 학생들이 서울시 고교 창업경진대회에서 수상을 하였고, 그 덕분에 학교 홍보가 꽤 많이 되었다. 반면 유비고에서는 그 대회에 참가한 학생이 아무도 없었다. 모임에서 만난 신비고 교장은 유비고 교장에게 입에 침이 마르도록 자랑을 했다. 창업경진대회 수상 이후 학교에 지원 문의를 하는 중학생과 학부모가 늘었다는 거였다. 당장 올해 입시에서 두 학교 간의 지원자 수부터 차이가 났다.

모임에서 돌아온 유비고 교장은 며칠을 끙끙대며 고민했다. 어떻게 하면 내년에 유비고에서 수상자를 낼 수 있을까? 고민의 산물이 바로 '유비고 창업경진대회'다. 내년 전국 창업경진대회를 독려하기 위한 수단이다.

"아마 우리 동아리뿐만 아니라 다른 동아리에서도 이거 준비 많이 할 거야. 그러니까 우리도 준비 잘해서 상 좀 받아보자고. 이거 동아리 과제 점수에 넣을 거니까 대회 참여 안하더라도 다들 계획서는 써야 해. 알았지?"

동아리 담당 선생님은 학생들에게 오늘은 자유롭게 모여 아이디어를 짜보라고 했다.

아이들은 학년과 과별로 모여 앉았다. 1학년 열 명 중 네 명은 국제 경영과였고, 세 명은 세무회계과다. 마케팅 디자인과 1학년은 여울, 다솜, 유준 이렇게 세 명이다.

"야, 우리도 하자. 상금이 100만 원이라잖아!"

여울은 상금에 혹했다. 여울이 집에서 용돈을 받지 못한 지 2주가 넘었다. 집안 사정이 좋지 않아 엄마에게 용돈을 달라는 말을 할 수 없었다. 대회에 참가하여 1등을 한다면 한동안 용돈은 걱정 없다.

"그래. 우리도 나가보자."

다솜이가 여울을 거들었다.

"계획서만 그럴 듯하게 써서 내면 될 거야. 애들이 몇 명이나 참가하겠어."

여울과 다솜이 신이 나서 말했다. 이럴 때 둘은 죽이 아주 잘 맞는다. 하지만 유준은 방방 뛰는 둘을 가만히 보고만 있었다. 여울과 다솜의 배에 탑승하는 게 내키지 않았다. 참가자 모두에게 100만 원을 준다는 게 아니라 1등에게만 주는 거다. 유준이 생각하기에 상금은 전교 1등만 받을 수 있는 장학금과 다를 바 없는 그림의 떡일 뿐이다.

"근데 니들, 창업할 만한 괜찮은 아이템 있어? 새로운 걸 발명한다든지 아니면 팔 물건이 있어야 할 거 아니야."

유준의 질문에 여울과 다솜의 목소리가 잦아들었다.

"아직은 없지만……."

잠깐 상금에 혹했지만 제대로 된 아이템이 없었다. 창업은 역시 남의 나라 이야기인가 보다. 여울과 다솜의 입에서 창업 이야기가 쏙 들어갔다. 선장들이 생각하기에도 배의 출항은 무리다. 배를 움직일 기름조차 없다. 이대로 배를 출항시키면 바다에서 낙오하고 말 거다.

다솜은 심심했는지 파우치 겸 필통에서 여울에게 받은 틴트를 꺼내 입술에 바르기 시작했다. 다솜이 창업에 흥미를 잃고 딴짓을 했지만 여울은 미련을 버리지 못하고 연습장을 꺼내 그 위에 '창업', '100만 원'을 적으며 낙서를 했다.

"어때? 두 번 바르니까 더 예쁘지 않아?"

다솜은 여울에게 봐달라며 입술을 죽 내밀었다.

"이따가 사진 찍어서 페이스북에 올릴 거야."

다솜은 자신을 전부 보여줄 수 있고 기록할 수 있는 SNS를 매우 좋아한다. 다솜은 초등학생 때부터 SNS를 즐겨했다. 하루에도 몇 번씩 실시간으로 자신의 상태를 SNS에 업데이트 한다. 다솜의 트위터나 페이스북에 들어가보면 다솜이 저녁으로 무얼 먹었고, 오늘 기분은 어떤지, 지금은 무얼 하고 있는지 전부 다 알 수 있다.

다솜의 입술을 보고 있으니 갑자기 여울의 머릿속에서 무언가가 번쩍하고 떠올랐다.

"다솜아, 그거."

여울이 다솜을 뚫어지게 쳐다보며 말했다.

"왜? 나 너무 예뻐?"

"아니, 그게 아니라."

"그럼 왜?"

다솜은 넋 놓고 자신을 쳐다보는 여울의 정신이 약간 이상해진 게 아닌가 싶어 손바닥을 활짝 펼쳐 여울의 눈앞에서 흔들었다.

"우리 이거 팔자. 우리 집에 화장품 엄청 많잖아."

여울은 다솜이 들고 있는 틴트를 빼앗아 들었다.

"우리 대회 나가자! 물건을 파는 것도 창업이잖아. 우리 이거 팔면 돼."

여울은 팔 물건이 있으니 창업하는 게 별로 어렵지 않을 거라 했다. 하지만 다솜과 유준은 물건을 파는 일이 장난이냐며 무슨 수로 화장품을 팔 수 있느냐고 되물었다.

"이거 여자애들한테 인기 많잖아. 안 그래?"

여울의 재촉에 다솜은 그렇다고 대답을 하긴 했다.

"근데 가게에서 파는 걸 왜 굳이 우리한테 사겠어?"

"우린 다르게 팔면 돼."

"다르게?"

어느새 5교시가 끝났음을 알리는 종이 울렸다. 동아리 담당 선생님이 교실로 돌아가도 된다고 말했고, 아이들이 하나둘씩 자리에서 일어나 교실을 나갔다. 여울은 다솜과 유준을 붙잡고 계속 화장품을 팔자고 말했다.

"알았어, 알았어. 여울아, 먼저 우리 교실로 가자."

다솜과 유준이 각각 여울의 양팔을 잡아끌다시피 하여 교실로 돌아왔다.

여울은 교실로 돌아오는 내내 계속 화장품을 팔자는 말을 했다. 하지만 다솜과 유준은 그 말을 한 귀로 듣고 한 귀로 흘렸다. 유준은 여울이 화장품 때문에 스트레스를 너무 많이 받아 헛소리를 하는 거라 여겼고, 다솜은 이따 수업이 끝나고 여울이 좋아하는 아이스크림을 사주며 위로해주어야겠다고 생각했다.

6교시 수업이 시작되었지만 여울의 머릿속에서는 화장품이 떠나지 않았다. 가게를 접어야 한다는 엄마의 말을 듣고 난 후 화장품은 계속 골칫덩어리였다. 앞으로 우리 집은 어떻게 될지, 저 많은 화장품들을 다 어떻게 해야 할지 막막했다. 하지만 어쩌면 자신이 직접 화장품 문제를 해결할 수 있을지도 모른다는 생각에 여울의 마음은 풍선처럼 부풀어 올랐다.

수업이 모두 끝난 후 여울은 가만히 자리에 앉아 있었다.

"집에 안 가?"

이미 집에 갈 준비를 끝낸 다솜과 유준이 여울 옆에 서 있었다.

"우리, 한번 해보자."

여울이 아주 진지하게 목소리를 쫙 깔며 말했다.

"뭘?"

"우리 집 화장품, 우리가 팔아보자."

다솜과 유준은 아직도 그 이야기냐며 제발 여울에게 정신을 차리라고 했다.

"너, 지금까지 계속 그 생각한 거야?"

"한번 해보자니까."

"유준아, 여울이 집착 또 시작됐다. 얼른 주사기 좀."

다솜이 장난스럽게 유준에게 손을 내밀었고, 유준은 약속이나 한 듯이 주사기를 다솜에게 건네는 시늉을 했다. 다솜이 검지 손가락으로 여울의 팔을 꾹 눌렀다. 하지만 여울은 그대로다. 계속 화장품을 팔자는 말만 했다.

여울은 무언가에 한 번 빠지면 잘 헤어 나오지 못했다. 한 가지에 꽂히면 질릴 때까지 한다. 한 번은 짜장 떡볶이에 빠져 두 달 넘게 매일 저녁마다 그걸 만들어 먹었고, 중학교 2학년 때는 만화 〈원피스〉에 빠져 피규어를 사는데 용돈을 다 썼다. 지난 여름방학에는 좀비물에 빠져 한 달 내내 좀비 영화와 소설만 찾아봤다. 또한 여울은 궁금증이 생기면 어떻게든 답을 알아내려고 했다. 유준과 다솜은 그걸 두고 '쓸모없는 집착병'이라고 불렀다.

"한여울, 제발 말이 되는 소리를 해. 그걸 무슨 수로 팔아?"

"그래. 이미 화장품 쇼핑몰은 넘친다고. 그러지 말고 집에 가자. 내가 가는 길에 아이스크림 사줄게."

다솜이 여울의 어깨를 감싸 안으며 말했다.

"내 이야기 좀 들어봐. 우리 잘하면 대회에서 1등해서 상금도 받고 화장품 판 수익금도 벌 수 있어. 돈을 벌 수 있단 말이야! 내가 수업시간 내내 생각해 봤는데 충분히 가능성 있다고!"

여울의 계속되는 설득에 다솜이 멈칫했다. 다솜은 옆에 있던 의자를 끌어와 의자에 기대앉으며 물었다.

"어떻게 할 건데?"

여울은 바로 대답하지 않고 유준과 다솜에게 가까이 오라며 두 번째 손가락을 까딱거렸다.

여울과 다솜, 유준은 여울의 방에 모였다. 셋은 학교가 끝난 후 바로 여울네 집으로 왔다. 처음에 다솜과 유준은 화장품을 팔자는 여울의 말을 농담으로 받아들였다. 하지만 여울의 말을 듣고 보니 제법 괜찮은 아이디어였다. 화장품을 덤핑으로 넘기는 것보다 제대로 판매하면 수익을 얻을 수 있고, 창업경진대회에 계획서만 제출하는 것보다 직접 판매한 것을 보여주면 수상 확률이 더 높다. 1등 상금을 셋이 나누면 각자의 몫으로 떨어지는 게 33만 원이다.

"우와, 정말 많긴 하다."

유준은 여울 방에 있는 상자 속 화장품을 살펴보며 말했다. 화장품의 부피가 크지 않아 상자 안에 들어 있는 화장품 개수는 훨씬 많다. 이걸 보고 나니 여울이 화장품 노이로제에 걸릴 만도 하다는 생각이 들었다.

"근데 너희 엄마가 우리가 파는 걸 허락하실까?"

다솜이 침대에 걸터앉으며 물었다.

"당연하지. 지금 이 화장품들 처치 곤란이야. 덤핑 처리로 넘기는 것보다 비싸게 팔고 매장에서 파는 것보다 싸게 팔면 분명 팔릴 거야."

"그러면 한 번 해볼까?"

다솜이 넘어왔다. 여울은 유준의 대답을 기다리며 유준을 바라보았다.

"에라, 모르겠다. 그럼 나도 같이 할게. 뭐 밑져야 본전이니까."

유준까지 함께 하겠다고 했다. 여울은 천군만마를 얻은 기분이었다. 유준과 다솜이 같이 하지 않는다고 하면 어쩌나 걱정했다. 혼자서는 할 자신이 없었다.

"그러면 우리가 팔 화장품들을 한번 정리해보자. 품목이랑 수량이 몇 개인지 알아야 하잖아."

여울은 유준의 말을 듣고 노트와 펜을 꺼내 상자에 들어 있는 화장품의 품목을 적기 시작했다. 다솜과 유준도 여울을 따라 상자를 열어 수량을 체크했다.

스킨, 로션, 비비크림, 틴트, 아이섀도, 파우더, 아이브로펜슬, 여드름용 스팟 젤, 클렌징 폼, 마스크 팩, 매니큐어 등등 화장품 종류가 셀 수 없을 정도로 많았다. 상자에서 각 품목마다 상품을 하나씩 꺼내 책상 위에 올려놓으니 책상 위가 꽉 찼다.

"우리가 이 품목을 전부 다 팔 수는 없어. 우선 누구한테 팔지 판매 대상을 생각해보자."

여울이 판매 타깃층을 정하는 게 좋겠다고 말했다. 전부에게 다 팔려고 하다가는 누구에게도 팔지 못하는 수가 있다.

"아무래도 우리 또래한테 파는 게 좋지 않을까? 여기 있는 상품들, 거의 우리가 쓸 수 있는 거잖아."

다솜은 책상 위에 있는 제품을 둘로 나누었다. 십대가 쓸 만한 것과 그렇지 못한 것. 3분의 1 정도는 십대들이 잘 사용하지 않는 파운데이션, 진한 색조 화장품, 영양크림 같은 제품들이었다.

화장품 구분에 열중해 있는 여울, 다솜과 다르게 유준은 혼자 책상 의자에 멀뚱하게 앉아 있었다. 도통 화장품을 잘 모르기 때문이다. 유준은 로션 하나 바르고 끝인데, 여자아이들이 사용하는 화장품은 열 가지가 넘었다.

유준은 좀 지루한 마음에 여울의 노트에 그림을 그리기 시작했다. 평소에도 유준은 빈 종이만 있으면 그림을 잘 그렸다. 유준이 특성화 고등학교인 유비고에 온 이유도 마케팅 디자인과 때문이다. 예고에 가고 싶었지만 가정 형편상 꿈도 못 꿀 일이었고, 디자인을 배울 수 있다는 이유로 유비고에 지원했다.

"너 또 뭘 그려?"

다솜이 유준의 노트를 훔쳐봤다. 유준이 그리고 있는 건 여울이의 책상 옆에 가지런히 쌓여 있는 포장용 선물 상자다. 여울이 다솜에게 화장품을 넣어 갖다 준 상자이기도 하다. 방 구석에 쌓여 있는 걸 볼 때는 그냥 단순한 상자라고 생각했는데, 유준의 그림 속에서는 디자인 상품으로 보였다.

"역시 우리 쭈니, 그림 참 잘 그려."

다솜이 유준의 머리를 쓰다듬으며 말했고 유준은 칭찬에 기분이 좋아져 빙긋 웃었다. 여울도 유준이 그린 그림이 멋지다고 생각했다.

"그래! 바로 이거야!"

갑자기 여울이 소리를 질렀다. 여울은 급하게 포장용 상자를 하나 가져오더니 거기에 화장품을 담았다.

"짜잔! 어때?"

"이게 뭐?"

"이렇게 판매하는 거야. 화장품을 하나씩 파는 것보다 이렇게 상자에 넣어서 말이야. 우리의 콘셉트는 바로 선물 박스야."

"선물 박스?"

다솜의 물음에 여울이 고개를 끄덕였다.

"오오, 뭔가 괜찮은데? 아침에 너한테 이 상자 받았을 때 기분 좋았어. 포장된 상자를 받으니까 꼭 생일이나 기념일에 선물 받는 기분이었어."

여울과 다솜은 서로를 보며 웃었고 유준도 친구들이 좋아하는 걸 보니 괜히 기분이 좋아졌다. 아직 제대로 시작된 건 아무 것도 없지만 뭔가 일이 진행되는 것 같았다.

여울이 화장품을 팔자는 생각을 한 건 우연이었다. 하지만 우연을 기회로 잡았을 때 더 이상 우연이 아니다. 아이들은 계속해서 선물 상자에 관한 이야기를 나누었다. 선물 상자 구성은 어떻게 할 것인지 판매 경로는 어디로 삼을지에 대해 말이다.

다솜과 유준은 계속 아이디어를 내놨고 여울은 말이 안 되는 것 같은 이야기도 모두 받아 적었다. 여울 혼자 생각하는 것보다 훨씬 더 많은 생각들이 뭉실뭉실 떠올랐다.

세 명이 모였을 때 아이디어는 세 배가 아니라 훨씬 더 여러 배가 된다는 걸 아이들은 깨닫고 있었다.

비밀 상자가 열리다

여울과 다솜, 유준은 언덕을 오르고 있었다. 길은 완만했지만 화장품이 잔뜩 든 가방을 어깨에 메고 있어 힘이 들었다. 버스 정류장에서 내려 10분 넘게 걸었다.

여러 집을 지나친 후에야 유준이가 "여기야"라고 말했다.

"정말 이런 데가 있긴 있구나."

여울이 혼잣말로 중얼거렸다. 텔레비전 드라마 속에서나 보던 집이다. 여울 키의 두 배가 넘을 정도로 높은 담장과 그 담장보다 더 높은 이층집. 불과 여울네 집에서 5km 떨어져 있을 뿐인데 여울이 사는 빌라 촌과는 다른 집들이다. 다솜도 신기한지 넋을 잃고 집을 바라보았다.

"네 친구 중에 여기 살 정도로 부자가 다 있었어?"

유준은 "그냥 뭐"라고 얼버무렸고 여울과 다솜은 바깥에 서서 집을 바라보았다.

유준이 벨을 눌렀다.

"왔어? 들어와."

인터폰을 통해 유준이 친구의 목소리가 들렸고 곧바로 대문이 열렸다. 그런데 뭔가 이상하다. 여울이 고개를 갸우뚱하며 유준에게 물었다.

"근데 네 친구, 돈 필요하다고 하지 않았어?"

"응."

유준은 여울과 다솜에게 화장품 판매 일을 자기 친구도 같이 해도 되냐고 물었다. 아르바이트를 하며 용돈벌이를 하는 친구라 돈을 벌어야 한다고 했다. 게다가 그 친구네 집에 지하실이 있어 그곳을 사용할 수 있다고 했다. 여울은 바로 찬성을 했다. 이제까지 여울네 집에서 모였는데 가족들이 집에 있는 저녁 시간이나 주말에는 회의를 하는 게 어려웠다. 또한 나중에 화장품을 상자에서 꺼내 포장을 할 때 넓은 공간이 필요한데 여울네 집에서는 불가능하다. 그렇다고 학교에서 하는 것도 여의치 않았다. 동아리 교실의 사용 시간은 정해져 있다. 유준은 친구네 집 지하실이 넓어 여울네 집에 있는 화장품을 모두 옮겨와도 공간이 남는다고 했다.

"이런 데 사는 애가 왜 돈이 필요해?"

"그러게."

여울이 묻자 다솜도 이상하다며 맞장구를 쳤다.

"자자, 얼른 들어가자."

유준이 먼저 문을 열고 들어간 후 여울과 다솜에게도 얼른 오라며 손짓했다. 여울과 다솜은 앞을 걸으면서도 계속 마당을 두리번거렸다. 넓은 잔디밭과 인공 연못, 다양한 나무들은 흔히 볼 수 있는 집의 마당이 아니다.

집 안으로 들어가자 거실에는 처음 보는 남자애가 서 있었다. 유준이 말한 친구인가 보다. 유준과 다르게 키가 아주 컸고 얼굴이 창백할 정도로 하얗다.

"야, 쟤 무슨 뱀파이어 같아. 입술이 왜 저렇게 빨개? 얼굴은 뭐 저리 하얗고. 남자애들도 틴트 바르냐?"

여울이 들리겠다며 다솜의 팔을 툭 쳤다. 하지만 여울도 궁금하긴 했다.

유준이 여울과 다솜이 소곤거리는 걸 보았다.

"니들 쟤 입술 때문에 그렇지? 원래 저래. 아무 것도 안 발랐어."

유준이 손을 들어 남자애의 입술을 손가락으로 쓱쓱 문질렀고 남자애는 만지지 말라며 유준의 팔을 쳐냈다.

"자, 봐봐."

유준이 남자애의 입술을 문지른 손가락을 여울과 다솜 앞에 들이밀었다. 손가락에는 아무 것도 묻지 않았고 남자애의 입술도 여전히 빨갛다.

"좋은 틴트를 썼나 보지. 비싼 틴트는 문질러도 안 묻어나."

다솜이 중얼거리듯 말했고 남자애가 그 말을 들었는지 "내 입술은 원래 이래"라며 혀로 아랫입술을 핥았다.

"자자, 입술 논쟁은 그만하고. 여긴 서지후. 그리고 여기는 내 여친 김다솜이고 얘는 한여울이야."

유준이 서로에게 소개를 해주었고 아이들은 인사를 나눴다.

"지하실로 내려가자. 저쪽이야."

지후가 지하로 내려가는 계단을 손으로 가리켰다. 거실 안쪽에 있어 현관에서는 잘 보이지 않았다.

지하실 쪽으로 걸어가며 여울이 어른들에게 인사를 해야 하는 거 아니냐고 물어보니, 유준은 집에 아무도 없다며 신경 쓰지 않아도 된다고 대답했다.

지후가 지하실 문을 열었고 아이들은 지후를 따라서 안으로 들어갔다. 지하실이라고 해서 어둡고 퀴퀴한 장소를 상상했지만, 그냥 커다랗고 비어 있는 방이었다. 오히려 전등이 환해서 햇볕이 잘 들지 않는 여울의 방보다 더 밝았다. 지하실 한가운데 널따란 탁자가 있었고 그 주위에 의자가 여덟 개나 있었다.

아이들은 빈 의자에 앉았다.

여울은 가방을 열어 집에서 가져온 화장품을 꺼내 탁자 위에 올려놓았다. 우선 각 제품당 하나씩을 샘플로 가져왔다. 집에 있는 나머지 화장품은 주말에 가져오기로 했다. 유준이네 삼촌이 트럭을 가지고 있어 부탁하기로 했다.

"유준이한테 이야기는 다 들었어. 근데 확실히 해야 할 게 있어."

회의를 시작하기 전에 지후가 할 말이 있다고 했다.

"수익금도 정확히 4등분이고, 니들 나가는 창업경진대회에서의 상금도 4등분해야 해. 알았지?"

여울이 알겠다고 대답을 하는데 지후가 A4 종이 한 장을 아이들에게 내밀었다. 방금 말한 내용이 적혀 있는 계약서였다. 지후는 확실히 해야 한다며 계약서에 서명을 하라고 했다. 아이들은 차례대로 제 이름을 계약서에 썼다.

"야, 있는 사람이 더 무섭다더니 딱 쟤가 그렇다."

다솜이 여울의 귀에 대고 말했고 여울도 그렇다며 고개를 끄덕였다.

계약서 작성이 끝난 후 회의를 시작했다. 지난번 회의에서 상자에 넣어 화장품을 파는 것과 인터넷을 통해 판매하는 것까지 이야기가 되었다. 화장품에 관심이 많은 십대들이 자주 이용하는 사이트에 글을 올려 주문을 받기로 했다.

우선 홍보를 할 사이트를 정리했다. 그 다음 화장품 가격을 어떻게 할지 논의했다. 여울은 엄마에게 화장품 원가를 물었고 원가에 20%의 마진을 붙이기로 했다. 그 중에서 반은 엄마에게 주기로 했다.

아이들은 화장품을 어떤 식으로 홍보할지 이야기했다.

"대박할인 상품 어때? 40% 이상 할인하는 거잖아."

"그래. 학생들은 돈이 많지 않으니까 세일한다고 하면 좋아할 거야."

여울은 노트에 '대박할인', '왕세일'이라고 적었다. 뭔가 일이 술술 진행되는 듯하다. 엄마에게 주고 남은 10%의 마진을 계산하니 결코 적지 않았다. 여울과 다솜은 수익금이 생기면 무얼 할지까지 이야기 했다.

지후는 대화에 끼어들지 않은 채 선물 상자에 화장품을 넣었다 뺐다를 반복했다.

"넌 싸면 사?"

지후가 살짝 인상을 쓰며 여울에게 물었다.

"당연하지. 난 싸면 사. 아니, 싸야만 사."

"아니, 돈이 없으면 싸도 못 사는 거야."

지후가 상자에 들어 있던 화장품을 모두 꺼낸 후 빈 상자를 여울 앞으로 밀었다. 여울은 텅 빈 상자를 바라보았다. 지금의 여울이라면 돈이 없어 이 상자에 아무 것도 채우지 못한 채 그대로 비워둘 거다. 아무리 화장품을 싸게 팔더라도 말이다. 파우더나 틴트, 클렌징 폼을 살 여유는 없다. 담더라도 꼭 필요한 로션 하나만 담을 거다.

"그리고 마진이 20%라고 다 우리가 갖는 게 아니지. 배송료는 왜 빼? 우리가 일일이 직접 갖다 줄 거 아니잖아. 택배로 붙이려면 개당 최소 2,000원이라고."

"아, 맞다. 배송료를 왜 생각 못했지?"

다솜이 큰 실수를 했다며 호들갑을 떨었다. 싸다고 잘 팔린다는 보장은 없었고 택배비를 포함한다면 자칫 수익이 마이너스가 될지도 모른다.

"원가 계산은 이따 하기로 하고 우선 제대로 된 콘셉트를 잡자. 물건을 사고 싶게 만들어야 한다고. 없는 돈도 만들어서 사고 싶게 말이야."

지후의 말에 아이들이 잠잠해졌다. 여울과 유준은 노트에 콘셉트, 콘셉트라고 적으며 아이디어를 떠올렸고, 다솜은 화장품만 계속 만지작거렸다. 지후는 그런 세 명을 지켜보기만 했다.

한참 생각을 하다 보니 머리에 쥐가 날 것 같았다. 유준이 벌떡 의자에서 일어났다.

"목 마르다. 뭐 좀 마시고 하자."

유준이 다솜에게 함께 주방에 갔다 오자고 했지만 다솜은 페이스북에 지금 일을 올리느라 정신이 없었다. 다솜은 이때만큼은 누가 불러도 못 듣는다. 다솜에게 인터넷 세계는 현실만큼 중요한 곳이다.

"나랑 같이 가자."

여울이 유준을 따라 일어났다. 계속 의자에 앉아 있으려니 좀이 쑤셨다.

"네 친구, 혹시 여기 지하실만 빌려 사는 거야?"

계단을 오르던 여울이 지하실 쪽을 힐끔대며 물었다.

"아냐."

"아무래도 이상해. 이런 집에 살면서 왜 돈을 벌려고 하는 거야? 이거 수익금 그리 크지 않을 거야. 쟤 혹시 몇백 만 원 버는 거로 착각하고 있는 거 아냐?"

"아냐."

"그런데 왜?"

"하여튼 너랑 다솜이는 말이 너무 많아."

"너도 말 많잖아. 그러니까 우리랑 노는 거고!"

유준은 불리한지 아무 말도 하지 않고 도망치듯 재빨리 주방 쪽으로 갔다. 평소에 유준은 여울, 다솜 못지않게 말이 많다. 셋이 대화할 때는 이야기가 끊이지 않아, 말을 하기 위해서는 이야기가 끝나는 틈을 잘 노린 후 얼른 치고 들어가야 할 정도다.

냉장고에서 음료수를 꺼내고 있는데 현관에서 소리가 났다. 누군가 문을 열고 들어오는 거였다. 소리를 들은 유준이 주방에서 나갔다.

"여사님, 저 왔어요."

유준이 누군가에게 인사를 하는 듯했다. 여울도 쟁반에 컵을 옮기는 걸 멈추고 거실 쪽으로 나갔다.

현관 앞에는 사십대 중반의 여자가 서 있었다. 지후네 엄마인가 보다. 여울은 자기도 모르게 여자에게 눈길이 갔다. 몸에 쫙 달라붙는 검은색 원피스를 입고 있어 몸의 실루엣이 그대로 다 드러났는데 매우 늘씬했다. 여자가 현관에 벗어놓은 신발은 베이지색 킬힐이다. 한눈에 봐도 무척 세련되었다.

"여사님, 여긴 제 친구예요."

여울은 고개를 꾸벅 숙여 여자에게 인사를 했다.

"안녕하세요. 한여울입니다."

"반가워요."

여자의 목소리는 느릿느릿하면서 낮은 편이었는데 심야 라디오 DJ처럼 우아했다. 여울의 엄마와는 너무 다르다. 성격이 급한 엄마는 말이 빠르고 목소리 톤도 높다.

"유준아, 왜 이렇게 오랜만에 놀러 왔어? 자주 좀 오지."

"지후 녀석이 바쁘잖아요. 앞으로 자주 올 거예요. 저희가 무슨 일을 좀 할 거라서요."

유준이 여자와 대화를 하고 있는 사이, 여울은 다시 주방으로 들어가 아까 챙기다 말았던 간식을 챙겼다.

잠시 후 유준이 주방으로 들어왔다.

"와, 네 친구 엄마 엄청 세련되셨다."

여울이 감탄을 하며 말을 했다.

"지후네 엄마 아냐."

"그럼? 새엄마?"

여울이 목소리를 낮춰 물었다. 새엄마라면 지후의 상황이 이해가 간다. 집은 부자지만 새엄마가 용돈을 주지 않아 돈을 벌려고 하는 게 분명하다.

"뭔 소리야. 지후네 할머니야."

"뭐?"

여울의 눈에는 아무리 봐도 여자가 사십대 이상으론 보이지 않았다.

"아아, 새할머니시구나."

여울이 중얼거리는데 유준이 이상한 상상 하지 말라고 했다.

"친할머니야. 여사님이 저래보여도 예순 살도 넘으셨다고."

말도 안 된다. 이건 명백한 반칙이다. 어떻게 실제 나이보다 스무 살 가까이 어려보일 수가 있는 거지?

"아무래도 이상해. 네 친구 입술이 빨간 것도 그렇고 할머니가 너무 젊어보이는 것도 그렇고. 여기 뱀파이어 가족들이 모여 사는 곳이지?"

"아휴, 한여울 진짜."

유준이 주먹으로 여울의 머리를 콩하고 살짝 때렸다. 여울이 수상하다고 계속 말하니 유준이 여울의 귀에 대고 작게 말했다.

"리프팅 효과야. 이번에는 좀 세게 하신 것 같아."

"그래도 그렇지. 어떻게 저 얼굴이 육십대라는 거야?"

"진짜라니까. 우리 냉장고 안에 과일도 가져가자."

유준이 냉장고 문을 열어 오렌지와 사과를 꺼냈다. 유준은 제 집처럼 스스럼없이 행동했고 여울은 이래도 되나 싶었다.

"지후네 할머니한테 물어봐야지. 이렇게 막 가져가도 돼?"

"괜찮아. 여사님이 많이 꺼내 먹으라고 했어."

여울은 유준에게 이 집에 다른 가족은 없냐고 물었다. 집이 넓어서 그렇기도 했지만 어딘가 모르게 휑했다. 주방의 그릇도 너무 단출하다. 숟가락 통에 꽂혀 있는 숟가락과 젓가락도 적다. 가족이 많은 것 같지는 않다.

"여사님이랑 지후 둘만 살아."

"왜? 다른 가족은 없어?"

"그만 가자. 지후랑 다솜이 기다리겠다."

유준이 쟁반을 들고 주방에서 나갔고 여울도 따라갔다.

"부모님은 안 계셔? 돌아가셨어?"

"아니."

"그럼? 외국에 계셔?"

여울이 유준의 뒤를 쫓아가며 물었지만 유준이 더는 대답을 하지 않았다. 평소의 유준이라면 묻지 않는 것까지 이야기하는데 지금은 왠지 이상했다.

상품 콘셉트 회의가 시작되었지만 여울의 신경은 다른 곳에 가 있었다. 여울은 지후를 힐끔거리며 쳐다보았다. 왜 지후가 할머니와 단둘이 사는 건지 궁금했다.

회의 중에 잠깐 지후가 화장실에 가기 위해 자리를 비웠고, 여울은 이때다 싶어 다시 유준에게 물었다.

"왜 가족이 둘밖에 없어?"

여울이 계속 묻자 다솜이 뭘 그렇게 궁금해하느냐고 했다.

"여울 여울, 너 지후한테 관심 있어? 부자라서?"

"아냐. 유준이가 자꾸 비밀인 것처럼 말을 안 해주니까 궁금해
서 그런 것뿐이야."

만약 유준이 대충 이야기라도 했으면 별로 궁금해하지 않았을
거다. 하지만 비밀인 것처럼 계속 감추는 행동을 하니 궁금증이
극에 달했다.

"비밀이야? 왜 비밀인데?"

"아, 몰라. 그만 좀 물어."

화장실에 갔던 지후가 돌아왔고 여울은 더 이상 물어볼 수 없었
다. 여울은 신경 쓰지 말자고 생각한 후 억지로 시선을 상자로 돌
렸다. 하지만 자꾸 지후의 비밀이 궁금해졌다. 비밀이라는 말이 붙
으면 궁금증이 따라붙게 마련이다.

"비밀 상자는 어떨까?"

'비밀' 단어에 휩싸여 있는 여울이 지나가듯 말했다.

"비밀 상자? 한 번 설명해볼래?"

지후가 비밀 상자 콘셉트가 어떤 거냐고 물었고, 여울은 갑작스
런 질문에 당황했다.

"아니, 뭐 그냥. 비밀이면 궁금하잖아. 그러니까 뭐가 들어 있는
지 알려주지 않고 비밀 상자라고 이름 붙이면 어떨까 싶어서."

여울이 떠오르는 대로 막 주절주절 말했다. 여울은 처음 콘셉트로 잡았던 '선물'에 대해 생각했다. 선물을 받을 때 설레는 건 선물 상자를 열어보기 전까지 무엇인지 모르기 때문이다.

"일본의 럭키 박스처럼 하자는 거지?"

여울이 지후에게 럭키 박스가 뭐냐고 물었다.

"일본에서는 연말이나 새해에 가게에서 복주머니를 팔아. 그 복주머니 안에 자기 가게에서 파는 상품들을 넣어 판매하는데 그 안에 뭐가 들어 있는지 몰라. 우리나라도 복주머니나 럭키 박스라고 이름 붙여서 행사하는 곳이 꽤 있어."

지후가 럭키 박스에 대해 설명했다.

"그럼 구성을 다 똑같이 하는 게 아니고 가격대만 맞춘 후 무작위로 포장할까?"

"응. 괜찮을 것 같아. 일명 시크릿 박스!"

유준이 덩달아 상품명 아이디어까지 내놓았다.

"오호. 이름 좋은데?"

"가격은 얼마가 적당할까?"

"글쎄."

"한여울, 김다솜, 너희들은 얼마면 살 것 같아? 여자애들이 살 거니까 너희가 마음에 드는 가격을 말해봐."

만 원 이하로 상품을 구성하면 판매해야 하는 상자 수가 늘어난다. 하지만 2만 원 이상이면 부담이 되었다.

"19,900원 어때? 만 원대잖아."

19,900원이면 적어도 4-5가지로 상품을 구성할 수 있다. 스킨, 로션, 틴트, 헤어크림, 클렌징 폼 혹은 스킨, 파우더, 매니큐어, 마스크 팩 등등 구성은 무작위로 할 거다.

여울은 아까 지후가 이야기했던 택배비를 계산했다. 그렇게 되면 마진은 20%에서 10% 미만으로 줄어든다. 예상 수익금은 줄었지만 창업경진대회에서 수상하게 되면 아이들에게 남는 게 없진 않다. 다음 주부터 시간이 되는 대로 방과 후에 모여 인터넷 카페에 올릴 홍보 글을 쓰기로 했다.

회의를 끝내니 어느덧 저녁 시간이었다. 그만 집으로 가기 위해 계단을 올라오는데 1층에서 고소한 냄새가 났다. 지후 할머니인 선우 정 여사가 아이들을 위해 피자를 주문해 놓았다. 선우 여사가 주방에서 아이들을 불렀다.

"저녁 먹고 가렴."

선우 여사를 처음 본 다솜은 고개를 꾸벅 숙여 인사를 했다. 다솜 역시 여울과 비슷한 반응을 보였다. 다솜은 선우 여사에게 직접 진짜 할머니가 맞느냐고 물었다.

"오랜만에 유준이 왔는데 그냥 가면 섭섭하지. 거기에 이런 예쁜 아가씨들도 두 명이나 오고."

"역시 여사님. 그동안 제가 많이 그리우셨군요."

유준이 그 말을 하며 냉큼 식탁 의자에 앉았다. 여울과 다솜도 잘 먹겠다는 인사를 하며 자리에 앉았다.

"그런데 너희들, 지하실에서 뭐하는 거니?"

"그게 말이죠."

유준은 선우 여사에게 화장품 판매에 대한 이야기를 했다. 여울이네 집 이야기부터 시작해서 상자 콘셉트를 정한 일까지 모두 다 말이다. 선우 여사는 흥미롭다는 듯 유준의 말을 들었다. 유준은 스스럼없이 선우 여사와 말을 주고받았고 여울은 뭔가 이상하다는 생각이 들었다. 주방에 들어온 이후 지후는 말 한마디 하지 않았다. 지후가 아니라 유준이 선우 여사의 친손자 같다.

피자를 다 먹은 후 아이들은 집으로 돌아갔다.

아이들을 배웅하고 온 지후가 현관문을 닫고 거실로 들어서는데 선우 여사와 마주쳤다.

"네 일은 다른 사람 입을 통해서만 들을 수 있구나."

선우 여사의 말에 지후는 아무 대꾸도 하지 않았다.

"그런데 지하실을 사용하려면 적어도 집주인인 내 허락을 미리 받았어야 하는 거 아니니?"

"왜? 사용하면 안 돼?"

지후가 인상을 쓰며 물었다.

"아니, 그게 아니고……. 써도 돼."

냉랭한 지후의 반응에 선우 여사는 무슨 말인가를 더 하려다 말았다.

지후는 제 방이 있는 2층이 아닌 지하실로 내려왔다. 최근 알바 일감이 많이 줄었다. 중학생 때부터 지후는 홈페이지를 제작하는 알바를 했다. 하지만 최근에 제작 단가가 줄고 의뢰 건도 없다. 그동안 모아둔 돈을 다 써서 수중에 남은 돈이 거의 없다. 선우 여사에게 용돈을 받고 싶지는 않다. 지후는 어떻게든 시크릿 박스를 통해 몇 달치 용돈벌이를 할 생각이다.

지후는 오늘 만난 아이들에 대해 생각했다. 새로 만난 여자아이들은 유준과 느낌이 아주 비슷했다. 즉흥적이고 말이 많고 산만하다. 종일 같이 있다 보니 정신이 하나도 없었다. 지후와는 정반대 성향의 아이들이다. 자칫 아이들은 너무 가벼워 둥둥 떠다닐 것 같았다. 유준이가 한 명도 아닌 세 명이나 된다. 지후는 자신이 더 무거워져야 함을 본능적으로 알아차렸다.

완판

아이들이 준비한 시크릿 박스 500개가 모두 동이 났다.

'십대를 위한 비밀 상자' 콘셉트가 정확하게 먹혔다. 인터넷 카페를 통해 시크릿 박스가 소문이 나기 시작했고 판매를 시작한 지 2주 만에 완판이 되었다.

아이들이 판매하는 것을 지켜보던 선우 여사는 '한정 수량'이라는 것을 강조하라고 조언했고, 매일 저녁 남은 수량을 카페에 올렸다. 처음 판매를 시작할 때보다 수량이 적어질수록 주문은 늘었다.

의외로 인기를 끌었던 건 시크릿 박스에 넣었던 '메시지 엽서'다. 여울은 선물에는 메시지 카드가 필요하다는 의견을 냈고 각 상자에 엽서를 넣었다. 엽서에는 모두 다르게 문구를 적었다. 가령 이런 것들이다.

— 소중한 당신에게

오늘 내가 헛되이 보낸 시간은 어제 죽은 사람이 그토록 살고 싶어 한 내일이다.

— 승자가 즐겨 쓰는 말은 "다시 해보자"이고, 패자가 즐겨 쓰는 말은 "해봐야 별수 없다"이다.

— 당신이 쓸 때는 '실패'라고 쓰지만 훗날 읽을 때는 '경험'이라고 읽겠지요.

인터넷과 책에서 찾은 좋은 문구를 엽서마다 각각 다르게 적었다. 무작위라고 하지만 상품 구성은 중복될 수 있다. 하지만 다른 메시지 엽서를 받는다면 그것은 남들과 다른 나만의 시크릿 박스가 된다. 친구에게 직접 선물을 받는 기분을 느끼게 하기 위해 직접 손으로 글씨를 썼다.

500개를 다 다르게 적다 보니 엽서에 쓸 문구가 모자랐다. 그래서 어떤 것은 재미 삼아 적은 것들도 있다. "낮말은 새가 듣고 밤말은 쥐가 듣는다"라는 속담을 적거나, "양치질은 식후 3분 안에"라는 장난스런 문구도 적었다.

발송은 주문 순서대로 100박스씩 총 다섯 차례 나누어 했는데, 1차로 받은 아이들이 자신이 받은 시크릿 박스의 사진을 찍어 인증샷을 올렸다. 아이들은 자신이 무슨 메시지를 받았는지를 중요하게 여겼다. 인증샷을 올리는 구매자들은 분명 같은 메시지 엽서가 하나쯤은 있을 거라고 자기들끼리 이야기했다. 하지만 같은 메시지가 하나도 나오지 않자 오히려 같은 것을 찾기 위해 더 애를 태웠다. 마치 게임을 하는 것처럼 말이다.

시크릿 박스의 최종 수익금은 75만 원이 조금 안되었다. 그 중에서 반을 여울의 엄마에게 주고 나니 아이들이 가져갈 수 있는 돈은 1인당 9만 원 정도였다. 아이들이 한 달 넘게 일한 거에 비하면 적은 돈이다. 다행히 아이들은 시크릿 박스 제작 과정을 창업계획서로 작성하여 유비고 창업경진대회에 나갔고, 2등을 하여 상금 50만 원을 받았다.

비록 1등은 아니지만 2등도 꽤 만족스러웠다. 사실 시크릿 박스를 제작하면서 아이들은 창업경진대회는 잊고 있었다. 대회를 위해 시작한 거였지만 시크릿 박스 제작이 시작되자 제작 자체에만 몰두하게 되었다.

기말고사가 끝난 날 아이들은 상금 받은 것 일부를 회식비로 쓰기로 했다. 지후네 학교도 같은 날 기말고사가 끝난다고 했다. 이따가 저녁 7시에 고깃집에서 다 같이 만나기로 했다.

"나 학원 갔다 바로 갈게. 이따가 만나."

다솜은 겨울방학 특강을 등록하러 가야 한다고 했다.

"오늘 같은 날 학원행이 뭐냐. 하여튼 우리 엄마 때문에 못 살겠다니까."

다솜은 기말고사 끝난 날 학원에 가야 하는 자신의 신세에 대해 한탄했다. 유비고에서 대학 진학 희망자들은 50%가 넘고 다솜도 그 중 한명이다. 다솜이 유비고에 온 건 인문계에 갈 성적이 되지 않아서가 아니라 특성화고 전형으로 대학에 가기 위해서였다. 물론 이건 다솜의 부모님 생각이다. 겨울방학 특강도 엄마가 알아온 학원이다.

학교 앞에서 여울과, 다솜, 유준은 헤어졌다. 유준은 집에 일이 있어 잠깐 들렀다가 다시 나온다 했고, 여울은 집으로 가는 대신 버스 정류장으로 갔다. 여울은 갈 데가 있었다.

여울은 커피 원두를 직접 볶아 신선한 원두를 파는 유명 커피 전문점을 알아두었다.

커피 전문점에 도착한 여울은 점원에게 선물할 거라며 맛있는 원두를 추천해 달라고 했다. 선우 여사가 커피 원두를 직접 갈아 내려 마시는 걸 여러 차례 봤다.

"포장해드릴까요?"

점원이 여울에게 물었다.

"아뇨. 여기 상자에 담아갈 거예요."

여울이 가방에서 시크릿 박스 상자를 꺼냈다. 이 상자에 넣어 선우 여사에게 선물할 거다. 상자에 넣을 엽서는 집에서 따로 써왔다.

여울은 이틀 전에 미리 선우 여사에게 연락을 해 약속을 잡았다. 여울은 꼭 선우 여사에게 감사하다는 인사를 하고 싶었다. 선우 여사의 집 지하실이 아니었다면 시크릿 박스를 판매하는 데 어려움을 겪었을 거다. 선우 여사가 허락했기에 지하실을 쓸 수 있었다. 게다가 엽서 아이디어를 생각한 건 선우 여사 덕분이다. 아이들의 계획을 들은 선우 여사가 "선물은 마음이 담겨 있다고 느꼈을 때 더 특별해지는 거야"라는 말을 했다. 그 말을 듣고 시크릿 박스가 나만의 특별한 선물로 느껴질 수 있도록 문구를 다 달리한 메시지 엽서를 쓰게 되었다.

선우 여사는 여울을 반갑게 맞이해주었다. 마지막 시크릿 박스 발송이 끝나고 2주 만에 오는 거였다.

"잘 지내셨어요?"

"그럼. 그런데 얼굴이 좀 피곤해 보이는구나?"

"오늘 기말고사 끝났거든요. 지후네 학교도 오늘 기말고사 끝났을 거예요."

"시험 기간이었어? 지후 녀석이 말을 안 해서 몰랐네."

그동안 여울이 지켜본 바로 지후와 선우 여사의 사이가 별로 좋지 않았다. 유준에게 왜 그러냐고 물었지만 유준도 잘 모른다고만 했다.

처음에는 선우 여사와 지후의 관계가 왜 그런지 궁금했지만 시간이 지나니 궁금증이 사라졌다. 호기심이라는 건 오히려 잘 모르는 사람, 혹은 자신과 별로 관계없는 사람에게 더 향한다. 알고 지내는 사람끼리 호기심의 축을 세우는 경우는 없다. 관심과 호기심은 엄연히 다르다. 호기심은 상대에 대한 예의가 아니다.

"그런데 오늘은 회사 안 나가세요?"

"점심 약속이 있어서 그거 끝나고 바로 퇴근했어."

"저 때문에 괜히 일찍 오신 거 아니에요?"

"아냐. 우리 직원들도 가끔 숨통 트이는 날이 있어야지. 사장이 매일 있으면 직원들이 싫어한다고."

선우 여사가 웃으면서 말했고 여울도 따라 웃었다.

선우 여사는 캠핑용품을 무역하는 회사를 운영 중이다. 인건비와 부지가 싼 동남아 공장에서 만든 캠핑용품을 싸게 사 들여와 우리나라나 일본, 유럽 등지에 판다. 선우 여사는 우리나라 사람들이 여가에 대한 관심이 높아질 것을 예측하여 캠핑용품 무역을 시작했는데 그 예측은 아주 잘 들어맞았다.

유준에게 들은 바로 선우 여사는 매우 전설적인 사업가였다. 선우 여사는 1980년대 우리나라 최초로 통신판매를 시작한 인물이다. 텔레비전 홈쇼핑이 시작되기 전 신용카드 고객들을 대상으로 카탈로그를 보내 물건을 판매하는 일을 했다. 선우 여사가 만든 회사는 지금 '대한 홈쇼핑'의 전신이다. 그 외에도 선우 여사는 다양한 상품들을 외국에서 들여와 우리나라에 파는 일을 했다. 동물을 키우는 휴대용 게임기, 고급 유모차는 선우 여사가 처음 우리나라로 수입했다.

"여사님, 이거요."

여울은 가방에서 상자를 꺼내 선우 여사 앞에 내밀었다. 선우 여사도 많이 본 시크릿 박스의 상자다.

"화장품이니?"

"아뇨."

"그럼?"

"열어보세요."

여울은 일부러 상자 속에 든 게 무엇인지 말하지 않았다. 여울은 선우 여사가 상자를 열면서 어떤 표정을 지을지 궁금했다.

"오호, 커피구나."

선우 여사가 환하게 웃었다.

"내가 커피 좋아하는 걸 어찌 알았어?"

"주방에 커피 용품이 많잖아요. 커피 내려 드시는 것도 여러 번 봤어요."

선우 여사는 원두의 향을 맡아보더니 갓 볶았다는 걸 금세 알아차렸다.

"향이 아주 좋구나. 우리 그러지 말고 한 잔씩 마시자. 아, 근데 커피 괜찮니? 잠 못 자고 그러는 거 아니지?"

"헤헤. 너무 잘 자서 탈인 걸요. 저도 한 잔 주세요. 물은 제가 끓일게요."

"손님에게 시킬 순 없지. 내가 끓여줄게."

여울은 선우 여사를 따라 주방으로 들어갔다. 선우 여사는 주전자에 물을 끓인 후 커피 그라인더에 커피 원두를 넣고 갈기 시작했다.

커피가 내려지는 동안 여울은 선우 여사 맞은편에 앉아 기다렸다.

"전 이런 집은 드라마 속에서나 존재하는 줄 알았어요. 드라마 촬영할 때도 분명 실제 있는 집에서 촬영을 할 텐데도 다 가짜라고 생각했어요."

여울이 주방을 둘러보며 말했다. 깔끔하게 정리된 그릇과 먼지 하나 없는 식탁. 여울의 집과는 달라도 너무나 달랐다.

선우 여사가 드리퍼 위에 물을 따랐다. 커피 가루가 물을 만나 부풀어 올랐고 향이 주방을 가득 메웠다.

"향이 너무 좋아요."

선우 여사가 커피를 다 내린 후 드리퍼를 치우고 여울의 컵에 커피를 따라주었다.

"자, 마시렴."

여울은 선우 여사가 하는 것처럼 향을 먼저 음미한 후 커피를 한 모금 마셨다.

"맛이 아주 좋다. 그렇지?"

"네."

선우 여사는 커피는 코로 먼저 한 번, 그 다음 혀로 한 번, 총 두 번을 마신다고 알려주었다.

"저도 여사님처럼 돈을 많이 벌고 싶어요. 너무 말도 안 되는 꿈이죠?"

"응."

선우 여사의 단호한 대답에 여울은 조금 민망했다. 너도 할 수 있다는 말을 기대했던 건 아니지만 선우 여사는 너무나 딱 잘라 그렇다고 대답을 했다.

"말도 안 된다고 한 건 네가 나처럼 되지 못할 거라 생각해서가 아니야. 여울아, 돈은 말이다. 무엇을 하기 위한 수단일 뿐이지 절대 목적이 되어서는 안 된다. 돈을 벌기 위한 목적만 가지고 사업을 하는 사람들은 결코 자신이 원하는 것을 이루지 못해. 더 많은 이윤을 내기 위해 꼼수를 부리거든. 내가 사업을 계속하는 이유도 돈을 벌기 위해서만은 아니었어. 물건을 파는 건 단순히 장사가 아니라 새로운 가치를 만들어내는 거야. 시크릿 박스도 그렇지 않았니? 시크릿 박스가 인기를 얻은 건 단순히 화장품을 싸게 팔았기 때문이 아니란다."

여울은 선우 여사의 말을 곰곰이 생각해보았다. 시크릿 박스가 기존에 없는 제품을 개발하거나 발명한 건 아니다. 이미 있는 화장품을 '선물', '비밀'이라는 이름으로 포장하여 판매한 것이다. 화장품은 이미 존재했지만 선물과 비밀의 의미를 부여한 건 여울과 아이들이다. 시크릿 박스는 그 자체로 새로운 상품이 되었다.

"시크릿 박스 아이디어는 정말 좋았어."

칭찬받는 일에 익숙하지 못한 여울은 선우 여사의 말에 금세 얼굴이 발개졌다.

"인터넷으로 검색을 했더니 인기가 아주 대단하더구나. 다음 시크릿 박스가 없냐고 다들 묻던데? 나도 다음 시크릿 박스가 있다면 너희들이 무얼 넣을지 궁금하단다."

"여사님, 시크릿 박스도 하나의 사업이 될 수 있을까요? 시크릿 박스가 끝나고보니까 또 만들면 어떨까 싶어요. 뭐 말이 안 되긴 해요. 제가 무슨 사업을."

여울은 선우 여사의 대답을 기다리지 않은 채 스스로 대답까지 해버렸다. 준비한 상품을 모두 판매한 후 여울은 속이 시원하면서도 한편으로 허전한 마음이 들었다. 여울은 자신도 모르게 새로운 시크릿 박스를 머릿속으로 구상하면서 말도 안 된다고 고개를 저었다.

"여울아. 네가 무언가를 시작할 때 말이 안 된다는 생각은 하지 마. 이미 네가 생각을 한 것 자체로 말이 되는 거야. 알겠니?"

"네."

여울은 천천히 고개를 끄덕이며 대답했다.

한참 선우 여사와 대화를 나누고 있는데 거실 쪽에서 인기척이 났다. 2층에 있던 지후가 1층으로 내려온 거였다. 여울은 지후가 집에 있는 줄 몰랐다.

지후가 거실을 서성거렸다. 여울이 온 걸 알고 같이 약속 장소에 가려는 듯했다.

"곧 출발해야지? 아이들이랑 저녁 먹는다고 했잖아."

"여사님도 같이 가실래요?"

"아냐. 난 저녁 약속이 있어. 방학하면 다 같이 한 번 놀러 오렴."

여울은 선우 여사에게 인사를 한 후 현관문을 열고 나왔다.

"집에 있으면 좀 내려오지 그랬어?"

"잤어."

"너희 할머니 정말 멋지셔. 외모도 그렇지만 마인드도 그렇고. 내가 만나본 사람 중에 가장 멋진 사람이야. 아아, 성공한 여성 사업가라니!"

여울은 선우 여사를 만나는 게 좋았다. 선우 여사와 이야기를 하다 보면 가슴이 설렌다. 선우 여사처럼 될 수 있을지도 모른다는 착각까지 들었다. 선우 여사는 여울이 닮고 싶은 몇 안 되는 어른 중의 한 명이다.

"성공한 여성 사업가? 웃기지 마. 그냥 돈밖에 모르는 노친네야. 너한테는 돈이 중요하지 않다고 했지만 사실은 돈을 제일 우선으로 생각하는 사람이라고. 선우 여사가 얼마나 무서운 사람인데."

여울은 고개를 돌려 힐끔 지후를 쳐다봤다. 지후의 말투에 날이 서 있다. 지후는 방에서 잤다고 했지만 실은 선우 여사와 여울의 대화를 다 듣고 있었나 보다.

여울은 분위기를 바꾸기 위해 화제를 돌렸다.

"넌 방학에 뭐해? 너희 학교는 보충이랑 자율학습 다 하지? 인문계라 방학이어도 방학 같지 않겠다."

"그렇지 뭐. 너희는 보충 아예 없어?"

"지원자에 한해서 하긴 하는데 지원자가 많지 않아. 그래서 나도 안 하려고. 다솜이는 겨울방학 때 학원 다니고 유준이는 알바한대."

"그럼 넌?"

"아직 모르겠어. 방학 때 뭐 할지."

말만 방학이지 방학을 해도 학기 중과 크게 달라질 게 없다. 인문계 같은 경우에는 일주일 보충, 일주일 방학, 다시 이주일 보충, 이런 식으로 진행을 해 방학이 방학 같지 않다. 특성화고 학생들 역시 방학에 마냥 놀 수만은 없다. 취업준비생들은 자격증을 따기 위해 공부해야 하고, 대학 진학 희망자들은 인문계 아이들과 다를 게 없다.

"그러고 보면 방학은 초딩들한테만 유효한가 봐."

"무슨. 요즘에는 초딩들도 학원 스케줄 때문에 바쁘더라."

여울은 사촌들을 떠올리며 말했다. 초등학교 5학년인 이종사촌 재준이도 집에 오면 저녁 9시가 넘는다고 했다. 재준에게 힘들지 않느냐고 물었더니 "사는 게 다 그렇지 뭐"라고 대답을 해서 여울이 경악한 적이 있다. 여랑보다 더 하면 더 했지 못하지 않았다. 세상에는 여랑 2, 여랑 3이 많았다.

식당 안에는 다솜과 유준이가 먼저 와 있었다. 여울을 본 다솜이 빨리 오라며 손을 흔들었다. 다솜과 유준이 나란히 앉아 있어 지후와 여울은 그 맞은편 자리에 앉았다.

"우리 뭐 먹을까? 상금도 두둑하게 받았으니 실컷 먹자!"

유준이 메뉴판을 보며 친구들에게 뭘 먹을지 물었다. 오늘은 먹고 싶은 걸 다 먹을 계획이다. 상금은 시크릿 박스로 얻은 수익금과 달리 공돈처럼 느껴졌다. 아이들은 시크릿 박스를 만들면서 고생한 걸 오늘 회식으로 풀고 싶었다.

"삼겹살 먼저 먹자. 좋지?"

유준이 삼겹살 3인분을 먼저 주문했다. 잠시 후 고기가 나왔고 여울은 집게를 들어 고기를 굽기 시작했다.

"너희들이 수고한 거에 비해서 수익금이 얼마 안 돼서 미안해."

여울은 친구들에게 미안하다는 말을 꼭 하고 싶었다. 일주일에 삼 일 이상을 만나 회의를 하고 시크릿 박스 작업을 했다. 수고한 시간들에 비해 수익금으로 받은 돈이 적어 여울은 내내 친구들에게 미안했다.

"상금 받았잖아. 덕분에 수행평가 점수도 잘 받을 테고."

유준이 손가락으로 V자를 해보이며 말했다.

"오늘 내가 사는 건 아니지만 대신 내가 다 구울게. 너희들 많이 먹어."

여울이 고기를 구웠고 다솜과 유준이 맛있다며 고기를 집어먹었다. 여울은 고기를 굽느라고 제대로 먹지 못했다.

"야, 집게 줘."

한참 고기를 먹고 있는데 옆에 앉아 있던 지후가 여울에게 집게를 빼앗아 들었다.

"너, 고기를 왜 그렇게 많이 뒤집냐? 그러면 육즙이 빠져서 맛없어진다고. 고기 안 먹어봤어?"

"그래. 많이 안 먹어봤다. 왜?"

"내가 굽는 게 훨씬 낫겠어."

유준이 고기를 어떻게 굽든 무슨 상관이냐며 지후에게 또 까칠하게 군다고 한 마디 했지만, 여울은 신경 쓰지 않았다. 오히려 그 덕분에 고기를 먹을 수 있어서 나쁘지 않았다.

삼겹살 3인분과 항정살 3인분, 목살 2인분, 갈비 2인분에 냉면을 한 그릇씩 먹고 나서야 저녁 식사가 끝났다. 아이들은 겨울잠을 자기 직전인 동물이라도 된 것마냥 고기를 몸속에 저장하듯이 차곡차곡 먹어치웠다.

"우리 아이스크림 먹으러 가자."

"좋아. 가자."

"난 민트 초코칩 먹어야지."

여울과 다솜, 유준이 셋이 나란히 팔짱을 끼고 걸어가는데 지후가 뭘 또 먹으러 가느냐고 한마디 했다.

"그럼 넌 가지 말든지. 우린 먹을 거야."

"됐어. 공동 회비인데 그럴 순 없지. 나도 먹을 거야."

지후는 세 명의 뒤를 따라 걸었다. 세 명은 사이좋게 팔짱을 긴 채 몸을 흔들거리며 걸었다. 뒤에서 보니 도토리들 같다. 일부러 맞추기라도 한 듯 세 명의 키가 비슷하다. 주먹으로 한 대씩 콩콩 콩 치면 재미있을 것 같다.

여울이 가게에서 가장 큰 사이즈의 아이스크림을 사왔다.

"헤헤. 나 이거 한 번 꼭 먹어보고 싶었어."

지후는 아이스크림을 보고 놀라 입을 다물지 못했다. 고기를 그렇게 많이 먹고 저 커다란 아이스크림을 어찌 먹으려고 사온 건지. 하지만 다솜과 유준의 반응은 달랐다.

"오호! 좋아, 좋아!"

"다 먹어치울 테다!"

여울과 다솜, 유준이 인디언처럼 소리를 내며 아이스크림을 먹었다. 그런 세 명을 보고 있으니 지후는 절로 웃음이 나왔다. 셋은 너무 잘 어울리는 세트다. 이 아이들과 함께 있으면 다르다는 생각에 이질감이 느껴지는 게 아니라 재밌는 시트콤 한 편을 보고 있는 것 같다.

"난 500개 다 팔릴 줄 몰랐어."

"나도. 사실 난 엄마한테 큰 소리 빵빵 쳐놨는데 안 팔리면 어쩌나 걱정 많이 했다고."

여울은 이제야 솔직한 마음을 고백했다. 그동안 여울은 친구들을 독려하기 위해 계속 "분명 다 팔릴 거야. 걱정 마"라고 말했지만 속으로는 엄청 걱정을 했다.

"우리 완전 대성공이야. 카페에 시크릿 박스 2탄 없냐는 글 계속 올라와."

다솜이 판매를 했던 카페의 소식을 알려주었다. 추가 주문이 들어왔지만 애초에 500박스로 한정해 놓았고 준비한 수량이 없어서 더는 판매할 수 없었다. 구매자들이 만족한다는 후기가 계속 올라오자 2탄을 요청하는 글이 많이 올라왔다.

"만약에 500박스가 아니라, 1,000박스, 2,000박스였으면 수익금도 훨씬 높았을 거야."

"그러니까. 주문자들 보니까 1,000박스는 금방이겠더라."

처음 시작했을 때와 달리 상품이 남는 게 문제가 아니라 부족한 게 문제가 되었다.

"우리 시크릿 박스 만들면서 힘들긴 했지만 재밌었잖아."

"그렇지."

여울은 친구들의 눈치를 보며 조심스럽게 이야기를 꺼내기 시작했다.

"저기…… 우리 2탄 만들어보는 게 어때?"

"2탄?"

"응. 일회성으로 끝낼 게 아니라 아예 우리가 진짜로 창업을 하는 거야."

마지막 배송을 끝낸 후에도 시크릿 박스는 여울의 머릿속을 떠나지 않았다. 시크릿 박스에 대한 호응도가 높았고 친구들이 이야기한 대로 수량을 늘린다면 수익금은 높아질 거다. 여울도 처음에는 말이 안 되는 일이라고 생각했지만, 선우 여사와 만나 이야기를 해보니 불가능한 일만은 아니었다.

 "말도 안 돼. 우리가 무슨 창업을 해."

 "그러게. 더는 욕심내지 말자."

 다솜이 쓸데없는 소리 그만하라며 숟가락으로 아이스크림을 퍼 여울의 입에 넣어주었다.

 "십대가 만든, 십대를 위한 상품이 들어 있는 상자, 이거 한 번만 하고 버리기엔 너무 아깝잖아."

 여울이 친구들에게 다시 한 번 시크릿 박스 판매를 하는 게 어떻겠냐고 물었다. 이번에는 일회성이 아니라 지속적으로 말이다.

 "이번에는 화장품만 들어갔지만 다른 상품들을 계속 기획해서 넣는다면 충분히 승산이 있을 거야."

 여울이 흥분하여 말했지만 아이들의 반응은 회의적이었다.

 "이번에는 재고 화장품이 있어서 한 거잖아. 우리한테 무슨 상품이 더 있다고?"

 "그건 우리가 기획하면 돼. 더 재밌을 거야."

 "하지만 판매 전에 미리 박스에 넣을 제품들을 사와야 하는데 우리한테 그럴 돈도 없잖아."

"그래. 설사 돈을 마련해서 상품들을 사왔는데 안 팔리면 어떻게 해? 다 빚이 되는 거잖아."

다솜과 유준은 무리라며 여울을 말렸다.

"이 아이템 그냥 버리는 건 너무 아깝잖아. 잘하면 대박 날지도 몰라."

여울은 이 말을 내뱉으며 엄마가 자주 했던 말이라는 걸 떠올렸다. 커피 전문점을 열 때도, 중국집을 시작할 때도 엄마는 잔뜩 흥분하며 그랬다. 지금 자신의 모습이 엄마와 별 다를 게 없는 걸까? 그렇게 생각을 하니 친구들의 지금 태도가 충분히 이해가 되었다.

"우리가 무슨 사업이야. 현실을 좀 직시하시죠, 한여울 양."

유준이 고개를 절레절레 저으며 말했다. 흥분을 잘하는 다솜이도 지금만큼은 침착했다. 여울은 남은 한 명인 지후를 바라보았다. 지후는 팔짱을 끼고 앉아 아무 말도 하지 않았다.

아이스크림을 먹고 밤 10시가 되어서야 헤어졌다.

여울은 친구들의 반응이 서운했지만 한편으로는 그 말이 맞다는 생각이 들었다. 시크릿 박스의 완판은 운이 좋았을 뿐이다. 두 번째는 어떻게 될지 모른다. 이성적으로 생각한다면 유준과 다솜의 말이 맞다. 하지만 왜 이렇게 아쉬운지 모르겠다.

여울은 자신이 우유통을 머리에 이고 가는 여인이 된 것 같았다. 여인은 시장에 우유를 팔러 가며 상상을 한다. 이 우유를 판 돈으로 달걀을 사야지, 그리고 달걀을 잘 품어 닭으로 키운 다음에

닭들을 팔아 돼지를 사야지, 그리고 돼지를 잘 키워 팔아 다시 소를 사야지. 하지만 여인은 돌부리에 걸려 넘어지고 우유통은 와장창 깨져버린다. 여울도 돌부리에 걸려 넘어졌고 창업을 하여 돈을 벌겠다는 상상도 깨져버렸다.

집으로 돌아온 여울이 목욕탕에서 씻고 나온 사이, 지후에게 문자가 와 있었다.

— 너, 정말 자신 있냐?

여울이 무슨 소리냐며 지후에게 메시지를 보냈더니, '시크릿 박스 2탄'이라는 답이 왔다.

— 당연하지.

잠시 후 단체 톡이 만들어졌다. 톡을 개설한 건 지후다.

지후: 난 시크릿 박스 충분히 승산 있어보여. 어때, 너희들? 우리 시크릿 박스 2탄 해볼래?

아이들은 각자 다른 공간에 있지만 모두 같은 생각을 하고 있다. 아까 다솜과 유준은 여울에게 말도 안 된다고 했지만 내심 창업을 하면 어떨까 상상했다. 유비고에 입학한 이래 가장 재미있었던 일이다. 실은 지후가 대화방을 만들었을 때 다솜과 유준은 전화 통화를 하며 창업에 대해 이야기하고 있었다.

지후의 물음에 여울과 다솜, 유준은 동시에 같은 답을 보냈다.

— OK!

2부
창업 비긴즈

SECRET
BOX

새로운 시작

　겨울방학이 시작되었지만 아이들은 시크릿 박스 창업 준비로 정신이 없었다. 막상 창업을 하기로 결심을 하고 나니 시간은 매우 빠르게 지나갔다. 여울 혼자 고민을 할 때는 시간이 너무 더디게 흘렀다. 해야 할지 말지 선택의 영역에 놓였을 때는 똑같은 생각을 반복했다. 과연 친구들이 하겠다고 할까, 만약 한다고 하더라도 잘되지 않으면 어쩌나 하는 생각이 꼬리에 꼬리를 물었다. 선택의 과정이 길어질수록 쓸데없는 고민만 늘어난다. 때론 선택의 과정을 축소하거나 없애야 할 필요가 있다.

　새 학기가 시작되는 3월에 맞춰 시크릿 박스 2탄을 공개하기로 했다. 그러기 위해서는 적어도 1월 말까지는 시크릿 박스에 들어갈 아이템을 선정해야 한다. 시크릿 박스 1탄은 화장품으로 채웠지만 앞으로는 십대를 위한 다양한 품목을 넣을 예정이다.

단발성이 아닌 지속적으로 사업을 하기 위해서는 새롭게 준비해야 할 게 많았다. 물품을 판매할 인터넷 쇼핑몰 사이트를 만들어야 하고 사업자등록도 해야 했다. 쇼핑몰 홈페이지는 지후가 만들기로 했다.

오늘은 네 명이 모여 세무서에 사업자등록을 하러 가기로 했다. 사업자등록증이 나와야 인터넷 쇼핑몰을 오픈할 때 필요한 통신판매업 신고를 할 수 있다.

세무서에 도착한 아이들은 사업자등록을 하러 왔다고 말했다.

"학생 아니에요? 학생들이 직접 등록할 건가요?"

안내를 해주는 여직원이 아이들을 위아래로 훑어보며 물었다.

"네."

여울이 대표로 대답을 했다. 전화해서 미리 문의한 결과 미성년자도 법정대리인인 부모의 동의서와 납세관리인 설정 신고서가 있으면 사업자등록을 할 수 있다고 했다. 여울의 아빠가 법정대리인 동의서를 작성해주었다.

"여기 나와 있는 서류 주시면 돼요."

여울은 가방에서 사업자등록 신청서를 비롯한 서류와 신분증, 도장을 꺼냈다. 대표자는 여울이 하기로 했다. 대신 수익금을 공평하게 4분의 1로 나눌 것에 대한 서류를 작성하여 따로 공증을 받았다.

접수를 받은 여직원이 꼼꼼하게 서류를 체크했다. 그동안 아이들은 접수대 앞에 서서 서류가 통과되기를 기다렸다. 아이들은 더이상 이 일이 작은 놀이라는 생각이 들지 않았다.

"여기 등록증이요."

세무서 여직원이 등록증을 아이들에게 주었다. 이제 이 등록증을 가지고 구청 지역경제과에 가서 통신 판매업 신고서를 제출하면 된다.

"아, 왜 이렇게 떨리지."

다솜이 세무서를 나오며 말했다. 마음속에서 몽글몽글 설레는 마음이 드는 건 아이들 모두 같았다. 물론 설렘만 있는 건 아니다. 불안함이라는 얇은 막이 설렘을 감싸고 있다. 시크릿 박스 2탄도 완판이 되리라는 보장은 없다. 화장품이야 판매가 되지 않아도 아이들 입장에서 손해 볼 건 없었다. 하지만 이제부터는 다르다.

세무서 근처에 있는 구청에 가서 통신판매업 신고를 마친 후 아이들은 지후네 지하실로 가기로 했다. 점심 먹을 때가 되었지만 바깥에서 사먹으면 경비가 든다. 경비를 줄이기 위해서 되도록 식사는 집에서 해결하기로 했다.

지하실은 이제 제법 사무실 형태를 갖추었다. 처음 아이들이 여기에 모였을 때는 휑했다. 지후네 집이 워낙 넓기도 했고, 식구가 많지 않아 쌓아두는 물건이 없어 지하실이 제 용도를 하지 못했다. 하지만 이제는 아이들과 아이들이 가져다 놓은 물건들 때문에 지하실이 북적북적하다. 여울은 지하실을 계속 사용해도 되는가 싶어 선우 여사에게 괜찮은지 따로 물어봤다. 다행히 선우 여사는 지하실 공간을 마음껏 써도 된다며 허락해주었다.

몇 차례 회의 끝에 시크릿 박스 판매방식이 정해졌다. 시크릿 박스를 매월 판매하기로 결정했다. 월간지를 받아보는 것처럼 신청고객들은 시크릿 박스를 매월 받아볼 수 있다. 격월간으로 할까 하는 의견도 있었지만 두 달에 한 번 받아보는 것보다 매월 받는 게 더 좋다는 쪽으로 의견이 모아졌다. 대신 가격을 19,900원에서 9,900원으로 낮추어 가격적인 부담을 줄이기로 했다. 매월 따로 주문할 수도 있고 3개월, 6개월 단위로 신청할 수도 있다. 6개월 이상 신청 고객은 배송료를 따로 받지 않아 차별성을 두기로 했다.

"사이트 열기 전에 지속적으로 인터넷 카페에 광고를 하자."

본격적인 판매가 시작되기 2주 전에 인터넷 쇼핑몰 사이트를 열기로 했다. 그 전까지는 지난번 시크릿 박스를 판매했던 인터넷 카페를 통해 시크릿 박스를 홍보할 예정이다. 쇼핑몰 홍보는 다솜이 담당하기로 했다. 지난번에는 역할을 분담하지 않았지만 새롭게 시작하는 시크릿 박스는 다 같이 해야 하는 제품 기획을 제외한 분야의 담당 파트를 나누었다. 다솜이 홍보를, 유준은 디자인을, 지후는 홈페이지 관리 등 경영지원을, 여울은 전체를 총괄하는 업무를 맡기로 했다. 아무래도 책임을 지고 담당하는 분야가 있어야 효율적일 것이다.

"시크릿 박스에 들어갈 아이템을 십대한테 직접 설문조사하는 건 어떨까? 시크릿 박스 홍보도 할 겸 말이야."

여울이 의견을 내놓자 유준이 괜찮은 아이디어 같다고 했다.

"시크릿 박스 콘셉트가 십대가 만든, 십대를 위한 선물 상자잖아. 십대들의 의견에 귀를 기울이는 모습을 보여줄 필요가 있어."

"그래. 우리가 팔려는 것은 상품이 아니라 문화야."

지후는 몇 차례 이 말을 강조했다.

"십대들이 아이돌에 열광하고 팬덤을 만드는 건 사실 그 문화를 사는 거잖아."

지후는 요즘 가장 인기 있는 아이돌 그룹의 팬덤을 예로 들며 설명했다. 아이돌의 팬이 수동적인 것처럼 보이지만 실은 팬클럽이야말로 매우 주체적이다. 팬들은 팬클럽이라는 조직을 만들어 멤버십을 발행하고 조직을 공고히 할 수 있는 자기들만의 문화를 만든다. 팬클럽 규칙이라든가 응원 방식 등등 각각의 팬클럽마다 특색이 있다. 팬들은 자발적으로 스타를 위한 선물 비용을 모으고 다른 팬클럽과의 차별성을 두기 위한 선물 목록을 고민한다. 과도한 조공 문화가 비판받자 스타의 이름으로 불우이웃을 돕거나 봉사하는 일을 했다.

한 아이돌의 팬이 된다는 것은 그 아이돌을 좋아하는 문화 속으로 편입되는 것이나 마찬가지다. 그렇기에 팬이 아닌 입장에서 보면 쉽게 이해할 수 없지만 그 문화에 빠진다면 규범이자 생활이 된다.

십대 소비자를 단순 소비자가 아닌 시크릿 박스의 주체로 만드는 방안에 대한 의견이 오갔다.

홍보 담당 다솜이 아이들의 의견을 노트북에 받아 적었다. 회의를 할 때마다 모든 회의록을 녹취하는 동시에 기록한다. 아이디어를 무심코 지나치지 않기 위해서다. 회의록은 아이들이 공유하기 위해 만든 비공개 인터넷 카페에 올려두었다. 나중에 회의록을 보면서 자신의 생각을 정리하거나 거기에서 새로운 아이디어를 얻을 수도 있다.

"그럼 내가 인터넷 카페에 설문 글 올릴게. 설문에 참여한 사람들을 추첨해 선물을 주는 거야. 시크릿 박스를 선물로 줘도 괜찮고."

다솜이 세상에 공짜는 없다며 반드시 선물을 줘야 한다고 말했다. 다솜이 조사를 위해 살펴보니 고객에게 설문을 요청하며 그냥 넘어가는 회사는 없었다. 아이들은 시크릿 박스 오픈 준비를 하면서 인터넷 쇼핑몰 창업과 관련된 자료를 계속 찾아가며 공부하고 있다. 예전에는 무심코 넘어갔던 인터넷 사이트 이벤트라든가 배너 광고를 유심히 본다. 무엇을 보든지 '왜?'라는 질문을 했다. 저 광고는 왜 저렇게 만들었지? 이 상품은 왜 이런 구성이지? 등등 자연스레 '왜'가 따라붙었다.

"오늘 회의 여기까지 하면 안 될까? 나 학원 갈 시간이야."

다솜이 노트북 키보드에서 손을 떼며 말했다. 겨울방학 동안 다솜은 6시부터 10시까지 학원을 다닌다. 방학 동안 인문계 학생들이 오전과 오후에는 학교에서 보충수업과 자율학습을 하기에 학원 시작은 저녁 시간부터다.

"내가 데려다줄까?"

"아냐. 유준이 넌 정리하고 와. 그럼 나 먼저 갈게. 미안~."

다솜이 급하게 가방을 챙겨 지하실 문을 열고 나갔다. 조금 일찍 나갔어야 했지만 회의가 끝나지 않아 먼저 일어설 수 없었다.

다솜이 가고 난 후 여울과 유준도 집에 갈 준비를 했다. 책상 위에 어질러진 책과 연습장, 펜을 정리하는데 지후가 상의할 게 있다고 말했다.

"우리 회계는 어떻게 해? 이것도 우리 넷 중에 한 명이 해야 해?"

여울은 자신이 회계 업무를 보겠다고 했다.

"야, 너 계산 잘 못하잖아."

지난번 결산할 때도 여울은 몇 차례나 틀려서 끙끙대며 간신히 계산을 했다.

"그럼 나 아니면 누가 하냐? 니들도 다 계산하는 거 싫어하잖아."

여울의 말에 지후도, 유준도 뭐라고 대답을 하지 않았다. 비록 이 자리에 다솜은 없었지만 다솜도 이들과 같은 행동을 취했을 거다.

"그럼 회계 업무는 아예 다른 사람한테 맡길까? 우리 학교 세무회계과 애들한테 부탁해보자. 걔네는 전공이니까 우리보다 나을 거야."

"글쎄. 이거 시간도 많이 걸리는데 같이 하겠다는 애가 있을까?"

일주일에 네 번 이상 모여 반나절 이상씩 회의를 했다. 그나마 지금은 방학이라 괜찮지만, 개학을 하면 시간 내기가 쉽지 않을 거다.

"회계 보는 사람은 모든 회의에 다 참여할 필요는 없어. 계산하는 것만 봐주면 돼."

지후의 말을 듣고 보니 회계 업무는 독립적으로 이루어져도 된다. 당장은 회계를 하지 않아도 되지만 아이템 선정 회의가 끝나고 물품을 사기 시작할 때부터는 회계 처리가 필요하다.

"그럼 회계 볼 사람을 따로 알아보자."

여울은 세무회계과에 부탁할 만한 친구가 누가 있을까 떠올렸지만 딱히 마땅한 사람이 없었다.

"맞다. 너희 누나 있잖아!"

세무회계과 톱(Top)이자 유비고의 독보적인 1등 맹유선이 있다. 여울은 유준의 쌍둥이 누나인 유선에게 부탁을 해보자고 했다.

"그래. 맹유선이면 믿고 맡길 수 있지."

지후도 거들고 나섰다. 지후는 유선과 중학교 때 같은 반인 적이 있어 유선을 알았다.

"서지후, 너 우리 누나 성격 알잖아. 안 돼."

유준이가 인상을 쓴 채 고개를 절레절레 저었다.

"어떻게 안 될까?"

여울은 형제 찬스를 쓰라고 했다. 여울은 여랑이 미운 말을 골라 해 사이가 나쁠 때도 "언니~"라는 한 마디에 금세 녹아 여랑의 부탁을 들어주었다.

"아마 힘들 거야. 자기 시간 뺏기는 거 엄청 싫어해. 동생이고 뭐고 도와줄 리가 없어."

"하긴. 그렇겠다."

지후도 중학생 때의 유선을 떠올리고는 곧바로 유준의 말에 수긍했다.

"뭐 한번 물어보긴 할게. 기대는 하지 마."

정리를 끝낸 후 여울과 유준은 지후네 집에서 나왔다.

"피곤하다. 그치?"

"응. 근데 너 방학 때 이렇게 지내도 괜찮아?"

여울이 알고 있기로 유준도 다솜처럼 대학 진학 희망자다. 대학에 가려는 아이들은 방학에 주로 학원에 다녔다.

"괜찮아. 어차피 미술 학원 다닐 형편도 안 되니까."

여울은 더 이상 유준에게 물어보지 않았다. 유준이 가정 형편에 대해 자세히 말한 적은 없지만 얼핏 유준이 이야기하는 걸 추려보면 유준이네 집 사정이 좋지 않은 듯했다.

"그래도 이렇게 매일 뭔가를 한다는 게 좋아. 나 중학생 때까지만 하더라도 방학에 노는 게 너무 좋았거든. 그런데 고등학교 들어오고부터는 아니더라. 방학엔 노는 게 맞는데도 방학에 노는 고등학생이 없잖아. 지난 여름방학 때는 개학하기만 손꼽아 기다렸다. 웃기지?"

여울은 자신도 유준과 비슷한 감정을 느꼈다고 말했다. 여름방학 때 왜인지 모르게 집에 있는 게 불편했다. 중학생인 여랑이도 학원에 다닌다고 매일 나가는데 여울 혼자만 집에 있었다. 그 불편하고 지루한 기분이 왜인지 몰랐는데, 지금 유준의 말을 듣고 나니 그 이유를 알 것 같았다.

"여울아, 난 두렵다. 나중에 고등학교 졸업하고 나서도 지금과 같은 취급을 받을까 봐. 평생 들러리로만 살아야 할까 봐 걱정 돼."

남들보다 공부를 조금 못했을 뿐이다. 그런데 인문계가 아닌 특성화고를 다닌다는 이유만으로 부끄러워해야만 했다. "비즈니스고에 다녀요"라고 말을 하면 사람들은 "공부 못했구나"라는 선입견을 갖고 한심하게 바라보았다. 여울이 여랑과 다툰 적이 있다. 다툼 끝에 여랑은 "공부 못해서 비즈니스고에 간 주제에"라고 말했다. 여랑이 홧김에 말한 건 알지만 그 말은 두고두고 여울에게 상처가 되었다. 운동을 못하거나 요리를 못하면 부끄럽지 않은데 왜 공부를 못하면 부끄러워해야 하는지 모르겠다.

"지금 등수가 나중에 사회에 나가서도 그대로일까? 뭐 공부 잘하면 나중에 할 수 있는 일이 많긴 할 거야."

여울이 쓸쓸하게 말했다. 여랑이 등수니 계급이니 뭐니 이야기를 할 때는 어린 애가 벌써부터 왜 저런 생각을 하나 싶었지만, 여울도 어느 정도는 여랑의 생각에 동의했다. 어쩌면 현실을 눈감고 모르는 척하는 자신보다 세상물정을 잘 아는 여랑이 더 철이 들었는지 모른다.

"공부, 공부, 공부. 아, 지겹다 정말. 왜 다들 공부만 잘하라고 하는 거야? 모두 다 똑같은 옷을 입으라고 강요하는 것 같아."

유준이 한숨을 푹 내쉬며 말했다. 어렸을 적부터 공부를 잘한 적도 없었고 별로 관심도 없었지만, 공부는 늘 스트레스였다. 시험 때가 되거나 성적이 나오는 날은 주눅이 들거나 눈치가 보였다. 그건 여울도 마찬가지다. 학교에서는 성적으로 학생을 평가했고, 졸업 후에도 여전히 그 평가가 유효하다는 이야기를 들으면 답답하기만 하다.

"왜 공부를 잘해야 하는 걸까? 잘하고 싶은 사람만 잘하면 되는 거 아냐?"

"돈 때문이지 뭐. 대학이 4년제냐 2년제냐에 따라 연봉이 달라지잖아. 대졸, 고졸도 차이가 나고."

유준은 반드시 대학에 갈 거라고 했다. 사촌 형이 고졸로 자동차 부품회사에 입사했는데 똑같은 일을 하는 대졸 사원과 연봉이 두 배 가까이 차이 난다고 했다.

"유준아, 난 중학생 때까지만 하더라도 빨리 어른이 되고 싶었어. 어른이 되면 내 마음대로 다 할 수 있을 것 같았거든. 그런데 요즘엔 어른 되는 게 별로 기대가 안 돼. 가끔은 어른이 되지 않았으면 좋겠다는 생각을 해."

언젠가 엄마가 여울에게 그런 말을 했다. 나이가 들게 되면 최선을 바라는 게 아니라 최악만을 피하며 산다고. 어렴풋이 여울은 엄마가 왜 그런 말을 했는지 알 것도 같았다. 엄마, 아빠는 삶이 바라는 대로 되지 않았다. 이사할 때마다 집은 점점 좁아졌고, 엄마, 아빠의 나이가 늘어갈수록 할 수 있는 일은 줄어들었다.

"난 어릴 때부터 어른이 되고 싶지 않았어."

유준이 읊조리듯 말했다. 유준은 항상 힘들게 일하는 부모님을 보며 어른이 되지 않은 채 살면 참 좋겠다는 생각을 했다.

"그래서 내 키가 안 컸나 봐. 내가 피터팬을 꿈꿔서."

유준이 장난스럽게 웃으며 말했다.

유준과 여울은 각자의 부모님에 대해 생각해봤다. 아이들이 가장 가까이에서 볼 수 있는 미래의 거울은 바로 부모다. 멘토를 만들고 유명한 위인의 위인전을 아무리 많이 읽고 자라더라도 현실 속에서 삶의 기준은 부모다. 지금의 부모 세대가 "난 부모님처럼 살지 않을 거야"라는 생각을 가졌다면, 지금 아이들은 부모처럼도 살지 못할까 봐 걱정을 한다.

유준이 집에 돌아왔을 때 유선이 혼자 저녁을 먹고 있었다.

유준은 밥 한 그릇을 퍼 유선 앞자리에 앉았다. 아침에 먹은 된

장찌개와 밑반찬 그대로였다. 엄마와 아빠는 저녁 이사가 있어 늦는다고 했다. 유준의 부모님은 이사업체에서 일을 한다. 아빠는 이삿짐을 나르고 엄마는 주방용품을 정리한다. 유준과 유선이 초등학교에 입학한 이후에 엄마도 아빠를 따라 함께 이삿짐 센터에 나가기 시작했다.

유준은 밥을 먹으면서 유선의 눈치를 살폈다. 유선은 유준에게 눈길 한 번 주지 않고 밥만 먹었다. 평소와 다름없이 주방 분위기는 썰렁하다. 남들은 유준과 유선이 쌍둥이라 친할 거라 생각하지만 성별이 다르기도 했거니와 어렸을 때부터 둘은 달라도 너무 달랐다. 유선은 초등학교 1학년 때부터 누가 시키지 않아도 집에 오면 숙제부터 했다. 반면에 유준은 집에 오자마자 가방을 벗어던지고 바깥에 나가 친구들과 놀았다. 그렇게 숙제를 완전히 잊고 있다가 다음날 학교에 도착해서야 숙제를 떠올렸다.

유선은 학원 한 번 다니지 않고도 공부를 잘했고 유준은 그렇지 않았다. 그렇기에 유선이 유비고에 진학한다고 했을 때 부모님과 유준은 적잖이 놀랐다. 유선이라면 인문계 고등학교에 진학하여 서울 상위권 대학에 충분히 진학할 수 있을 거였다. 하지만 유선은 대학에 가지 않겠다고 했다. 대신 고졸특별채용으로 은행이나 대기업에 취업하여 일찍 돈을 벌겠다고 했다. 유선이 너무나 확고하게 말해 중학교 3학년 때 담임선생님도, 부모님도 반대하지 못했다.

유선은 유비고에 전교 1등으로 입학을 하였고, 1학년 내내 1등을 해 장학금을 받으며 학교를 다녔다.

"저기, 누나."

"왜?"

유선이 고개를 들지 않은 채 대답을 했다. 유준은 유선보다 불과 10분 늦게 태어났지만 어릴 때부터 유선에게 꼬박꼬박 누나라고 불렀다. 엄마보다 누나 유선이 더 어렵고 무섭다.

"누나 회계 같은 거 잘 보지? 자격증도 몇 개 있잖아."

유선이 아무 대꾸 하지 않았다.

"누나 참 대단해. 공부도 잘하고 자격증도 많이 따고. 왜 난 누나처럼 못하는지 모르겠어. 하나님도 너무하시지. 왜 누나한테만 유전자 몰빵을 하셨냐."

유준이 빙빙 말을 돌렸고 유준의 의도를 알아차린 유선이 "용건이 뭔데?"라고 직접적으로 물었다.

"왜 내가 요즘 하는 거 있잖아. 시크릿 박스. 누나랑 엄마한테 화장품도 갖다 줬잖아. 나 그거 때문에 학교에서 상도 받았고 말이야."

"근데 그게 뭐?"

"우리 본격적으로 그거 사업 시작할 거야. 그런데 회계를 봐줄 사람이 없어. 다들 계산은 잘 못하니까."

유선은 속으로 유준이 또 말도 안 되는 일을 벌이고 있다는 생각을 했다. 우연찮게 창업경진대회에서 상 한 번 받은 걸 가지고 창업을 하겠다니.

어렸을 적부터 유준은 한심한 일만 골라 했다. 가정형편을 생각하지 않고 미술을 하겠다고 떼를 쓰질 않나, 자격증 공부하라는 말을 귓등으로 듣고 친구들과 어울려 놀러 다니지를 않나, 하나부터 열까지 마음에 드는 구석이라고는 조금도 없다.

"그걸 누나가 좀 맡아주면 안될까? 시간 많이 빼앗지는 않을 거야."

"안 돼. 나 바빠."

밥을 다 먹은 유선이 식탁에서 일어나 그릇을 싱크대로 가져갔다.

"누나, 우리 좀 도와줘."

"나 바빠. 그런 거 할 시간 없어."

유선이 딱 잘라 거절했다. 유선은 고무장갑을 낀 후 설거지를 시작했다. 유준은 포기하지 않고 식탁 의자에 앉아 돈을 미끼로 유선을 유혹했다.

"알바비 톡톡히 쳐줄게. 실습도 하고 용돈도 벌고 좋잖아. 나중에 우리 성공하면 누나 이력서 쓸 때도 도움 될 거야."

유선은 코웃음을 쳤다. 성공? 역시 유준과 이야기를 하는 건 시간 낭비일 뿐이다. 유준의 놀이에 동참하고 싶은 마음은 조금도 없다. 쇼핑몰이니 뭐니 만들어놓고 잘되지 않아 금방 그만둘 거다. 그렇게 되면 알바비를 받을 길이 없다.

"돈 얼마 안 줄 것 같아서 그래? 아니야. 누나가 편의점에서 하는 알바보다 훨씬 더 많이 받을 수 있을걸? 지후가 계산 하나는 칼이거든."

설거지를 하던 유선이 고개를 돌려 유준을 바라보았다.

"지후라면 서지후?"

"응. 중학교 2학년 때 우리 셋이 같은 반이었잖아."

"너 창업하는 거 서지후랑 같이 하는 거였어?"

유준이 그렇다고 고개를 끄덕였다. 유준은 알바비를 먼저 주겠다며 유선을 졸랐다.

"누나~ 제발 부탁이야. 똑똑한 누나가 좀 해주라. 응?"

계속되는 유준의 애원에 유선이 알았다고 대답했다. 알바비를 선불로 받는다면 손해 볼 건 없다.

"너, 계산 확실히 해야 해."

"걱정 마, 누나. 진짜 진짜 고마워!"

유준이 발을 구르며 좋아했다. 유준은 들뜬 목소리로 친구들에게 전화를 걸어 이 소식을 알렸다.

수고했어, 오늘도

지후네 집에 오는 건 처음이다. 유선은 걸어오는 내내 계속 담벼락을 힐끔거렸다. 담이 너무 높아 집 안은 보이지 않았다. 중학교 때 반 아이들이 지후네 집이 부자라고 이야기하는 걸 듣긴 했지만 이 정도인 줄은 몰랐다.

"누나, 정말 고마워. 누나 시간 많이 안 뺏을게."

유선은 아무 대꾸하지 않았다. 동생은 왜 이런 일을 하겠다는 걸까? 유준에게 받은 자료를 가지고 계산을 해보니 수익성이 있어 보이지 않았다. 지난번 수익금은 고작 1인당 9만 원이라고 들었다. 한 달 넘게 그 일에 매달렸던 것 같은데 들인 시간에 비해 번 돈이 너무 적다. 편의점이나 식당에서 아르바이트를 해도 그것보다 많이 받을 거다. 그럼에도 불구하고 유준은 겨울방학 내내 창업을 하겠다며 이 일에 매달려 있다.

"너희들 정말 심심한가 보다."

유선을 앞서가던 유준은 그 말을 듣지 못했다. 유준이나 유준의 여자친구라는 다솜, 그리고 여울이란 아이도 유준과 별 다를 게 없어 보인다. 몇 번 학교에서 셋이 모여 있는 걸 본 적이 있는데 초등학생들이 노는 것과 다를 게 없었다. 뭐가 그리 재밌는지 셋이 배를 잡고 깔깔거리며 웃고 있었다.

"누나가 회계 맡아준다고 하니까 지후가 안심했어."

"그래?"

유선은 짐짓 아무렇지 않은 척 대꾸했다.

현관 앞에 지후가 나와 있었다.

"맹유선, 오랜만이다. 잘 지냈지?"

지후가 유선에게 먼저 인사를 건넸다.

"응."

중학교 졸업 이후 지후를 처음 만났다. 그 사이 지후는 키가 조금 더 큰 듯하다. 지후는 여느 남자아이들과 다르게 어이없는 장난을 친다거나 우스운 행동을 하지 않았다. 센 척하려고 욕을 추임새로 섞어 쓰지도 않았고, 천천히 논리적으로 말을 했다. 그때도 또래와 다른 느낌이었는데 키가 큰 걸 보니 더 성숙해보였다.

"이 자식이. 누님, 하고 공손하게 인사를 해야지."

유준이 점프를 하여 지후의 목을 팔로 감으며 장난을 쳤다. 지후는 자연스럽게 제 몸에서 유준을 떼어냈다. 도대체 지후가 왜 유준 같은 애랑 어울리는지 이해가 가지 않는다. 중학생 때도 그렇고 지금도 그렇다. 게다가 말도 안 되는 창업까지 같이 한다니 유선으로선 참 미스터리다.

유선이 지후와 인사를 하고 있는데 현관 쪽으로 다솜과 여울이 걸어왔다.

"맹유선, 반가워."

"여기까지 와줘서 고마워."

여울과 다솜이 유선에게 손을 흔들며 인사를 했다. 학교에서 몇 번 본 적은 있지만 인사를 하거나 말을 하는 건 처음이다. 유선은 다솜과 여울에게 눈으로만 인사를 했다.

"누나, 이거 신어."

유준이 현관 앞에 놓인 실내화를 신으라며 가리켰다. 아이들도 모두 실내화를 신고 있었다.

유선은 실내화에 발을 넣었다. 폭신폭신하다. 따뜻한 기운이 유선의 발을 감쌌다.

실내화를 신자 이 집이 유선네 집과 다르다는 게 실감이 났다. 자신의 키보다 배나 높은 담장과 너른 마당, 유선의 집 전체만큼 넓은 거실은 유선이 체감할 수 있는 수준이 아니다. 하지만 발을 감싸는 부드러운 감촉은 유선이 곧바로 느낄 수 있었다.

초등학교 5학년 때 같은 반 친구였던 서연이네 집에 놀러 간 적

이 있다. 42평의 넓고 깨끗한 아파트는 유선이 사는 17평 빌라와
는 달랐다. 서연이네 집에서 부러웠던 건 서연이 혼자 쓰는 큰 방
도, 곰팡이가 피지 않은 깨끗한 벽지도, 반짝반짝한 대리석 바닥도
아니었다. 바로 푹신푹신한 실내화였다. 유선은 집에서 실내화를
신어본 적이 없다. 좁은 집에서는 굳이 실내화를 신을 필요가 없
다. 몇 발자국 걷지 않아도 원하는 공간에 도달할 수 있으니까.

유선은 아이들을 따라 지하실로 내려왔다.

아이들은 아이템 선정에 관한 회의를 하는 중이었다. 옆에서 유
선이 들어보니 진행이 잘되지 않는 듯했다.

"그럼 어떻게 하자는 거야?"

"좋은 생각 있으면 좀 내놔보라니까."

"정말 미치겠네."

실망스러운 이야기들이 오갔다. 이런 상황을 예상하지 못했는
지 아이들 얼굴에 실망의 빛이 역력했다. 이럴 줄 몰랐던 걸까? 마
치 자기가 좋아하는 연예인의 스캔들이 터져 실망하는 꼴이다. 아
이돌의 스캔들 기사가 나오면 다음 날 교실에서 우는 아이들이 꼭
있다. 유선은 그런 아이들이 한심하기만 했다. 스캔들이 터지지 않
았다고 너에게 기회가 있는 건 아니잖아, 라는 말이 나오는 걸 몇
번 참았다. 이야기해 줘도 그 아이들은 알아듣지조차 못할 테니까.

유선은 고개를 살짝 돌려 지후를 바라보았다. 그동안 지후의 소
식이 궁금했다. 지후는 잘 지내고 있을까? 유준과 밥을 먹다 보면

묻지 않았는데도 자신의 이야기를 줄줄 늘어놓는다. 그 중에는 지후의 이야기도 있었다. 하지만 고등학교에 입학한 이후에는 지후의 소식을 거의 듣지 못했다.

오랜만에 지후를 만났지만 지후는 유선에게 별 관심을 보이지 않았다. 계속해서 시크릿 박스 이야기만 하고 있다. 아이들이 금을 그어놓고 그 안에 모여 놀고 있는데 유선 혼자 금 밖에 서 있는 것 같다.

이런 상황, 재미없다. 더 이상 시간 낭비를 할 필요는 없다.

"자, 이건 시크릿 박스 판매량에 따른 수익금을 계산한 거야."

유선은 아이들에게 종이 한 장씩을 나눠주었다.

"첫 줄은 너희들이 1,000박스를 판매했을 경우에 해당되는 수익금이야."

도표에는 1,000박스, 900박스, 800박스…… 순으로 차례대로 적혀 있고 마지막은 100박스 이하였다. 200박스를 팔았을 땐 유선의 아르바이트 비를 제외하면 수익금이 제로다. 그 말은 즉 200박스 이하라면 마이너스가 될 수 있다는 뜻이다.

"누나, 이거 이상해. 어떻게 상품을 파는데 마이너스가 될 수 있어? 1박스 이상 팔리면 단돈 10원이라도 남아야 하는 거 아냐?"

표를 보던 유준이 이상하다며 이의를 제기했다. 다른 아이들의 표정을 보니 유준처럼 이해를 못하는 듯했다.

"너희가 물건 떼올 때 500박스를 기준으로 한 거라며? 개수에 따라 도매가격이 다르잖아."

유선이 종이에 계산을 해보이며 설명을 했다. 그제야 아이들이 이해를 했는지 고개를 끄덕였다. 아이들은 지난번 팔았던 500박스를 최소 목표로 잡았다. 하지만 유선이 보기에 과연 200박스나 판매가 가능할까 싶다. 어찌 됐든 알바비를 선불로 받은 유선 입장에서는 손해 볼 게 없지만, 나중에 유준이 침울해하며 집을 돌아다니는 모습을 상상하면 별로 유쾌하진 않다. 이 아이들은 왜 말도 안 되는 기대를 하여 일을 벌이는 걸까. 유선이 가장 싫어하는 건 바로 기대하는 일이다. 모든 실망은 기대로부터 온다. 기대하지 않으면 실망할 일도 없다. 유선은 어렸을 적에 이미 그 사실을 터득했다.

하지만 유준은 달랐다. 말도 안 되는 일을 꿈꾸고 그게 좌절되면 세상 끝나는 것처럼 슬퍼했다. 부모님이 입시 미술학원을 보내주지 못한다고 했을 때 유준은 밥도 안 먹고 투정을 부려 아빠에게 호되게 혼났다. 엄마는 그런 유준에게 미안해했지만 유선이 봤을 때 유준은 한심한 꿈을 꾸고 있을 뿐이다. 설사 입시 미술을 한다고 하더라도 유준이 갈 수 있는 미대의 수준은 뻔하고, 그곳을 졸업한다고 할 수 있는 일이 뭐가 있을까? 유준은 현실을 몰라도 너무 모른다. 유준은 유리병에 갇힌 벼룩 같다. 벼룩은 유리가 투명해 천장이 있는 걸 모른 채 뛰어오르다가 벽에 부딪쳐 머리가 깨져서 죽고 만다.

"그럼 난 이만 가볼게."

유선이 오늘 해야 할 일은 다 끝났다. 유준 편으로 계산한 종이만 보내도 되었지만, 아이들이 직접 만나 인사를 하고 설명을 듣고 싶다고 해 오늘만 특별히 여기까지 온 거다. 앞으로의 회계일은 되도록 집에서 끝낼 거다.

유선이 가방을 챙겨 일어섰다. 유선은 아이들을 죽 훑어보았다. 저 아이들도 유준과 다를 게 없다. 결과가 뻔한데 그걸 모르고 있다니. 더 이상 벼룩들의 놀이를 지켜보고 있을 필요는 없다.

"누나, 내가 대문 앞까지 데려다줄게."

유준이 따라 일어섰다.

"됐어. 나가는 길 알아."

유선이 괜찮다고 했지만 유준은 끝까지 따라 나왔다. 여기까지 와준 누나가 고마웠다.

지하실을 나서기 전 유선은 고개를 돌려 지후를 바라보았지만 지후는 회의를 하느라 정신이 없었다.

유선이 나가고 난 후 다솜이 양손으로 팔을 비비며 몸서리를 쳤다.

"완전 얼음. 맹유선 재랑 있으면 온몸이 꽁꽁 어는 것 같다니까."

"유준이랑 다르긴 엄청 다르다."

여울도 다솜의 말에 동의했다. 유선은 작년 입학식 때 유비고의 전교 1등으로 들어와 대표로 입학 선서를 했다. 그 이후에도 조회시간마다 상을 받거나 교장선생님에게 이름이 불렸다. 맹유선과 맹유준, 이름이 비슷하긴 했지만 둘이 남매일 줄은 차마 상상도 못했다. 입학하고 3개월이 지난 후에야 여울과 다솜은 유선과 유준이 쌍둥이라는 걸 알게 되었다. 유준이 자신의 쌍둥이 누나가 맹유선이라고 말했을 때 유준이 장난치는 걸로 오해해, 여울은 유준에게 너희 누나가 맹유선이면 우리 아빠가 유비고 교장이라는 말까지 했다. 그런데 유선은 진짜 유준의 쌍둥이 누나가 맞았다.

"근데 계산은 엄청 잘한다."

"달리 전교 1등이겠어."

여울은 그 말을 내뱉은 후 지후를 쳐다보았다. 유비고 전교 1등이더라도 인문계와 비교한다면 별거 아닐 거다.

"맹유선 중학교 때도 공부 잘했어."

지후는 유선이 중학교 때도 상을 많이 받아 유명했다고 했다.

"맞다. 너가 유준이랑 중학교 동창이었지."

"응. 맹유선이랑 중학교 2학년 때 같은 반이었어."

"엥? 정말? 그런데 왜 모르는 사람처럼 굴어?"

"안 친했거든."

"하긴. 학교에 맹유선 친구 없잖아."

유선은 세무회계과로 반이 다르지만 여울과 다솜은 그 반 아이들로부터 유선의 이야기를 전해 들었다. 유선은 점심도 혼자 먹을 정도로 친구를 사귀지 않았다. 학교 아이들은 유선이 유비고의 혜

택만 쏙쏙 다 빼어가고 유비고를 무시한다며 험담을 했다. 자신들과 수준이 안 맞아 놀지 않는 거라 했다. 하지만 지후의 이야기를 들어보니 중학교 때도 유선은 크게 다르지 않았던 것 같다. 딱히 유비고를 무시해서 그런 행동을 하는 건 아닌가 보다.

유준이 유선의 배웅을 마치고 지하실로 돌아왔고 아이템 회의가 계속되었다. 여울이 빈 종이에 크게 "500박스!"라고 적은 후 지하실 벽면에 붙였다. 아이들은 평소와 다르게 말장난을 하지도 몸을 늘어뜨리지도 않았다. 유선이 가져다 준 예상 수익표를 보니 다들 정신이 바짝 들었다.

3월 첫 론칭할 시크릿 박스에 들어갈 아이템이 정해졌다. 새 학기가 시작되는 만큼 그에 맞는 아이템으로 채우는데 의견이 모아졌다. 처음엔 다이어리나 노트 등 학교 생활에 필요한 학용품으로 시크릿 박스를 구성하려고 했다. 하지만 여울은 학용품 구성이 별로 내키지 않았다. 과연 십대 중에 몇 명이나 학용품 선물을 받는 것을 좋아할까?

선물은 두 가지 요소가 충족되어야 한다. 첫째, 선물 받는 사람이 제 돈 주고는 사지 않는 것. 손쉽게 구할 수 있고 자주 사는 것을 선물로 받는다면 기쁨은 줄어든다. 둘째, 선물을 준비하는 사람도 갖고 싶을 만큼 탐나는 것. 입장을 바꿔 생각했을 때 자신이 받으면 기분 좋은 것을 선물하면 받는 사람도 기분 좋을 확률이 높다. 학용품은 첫 번째와 두 가지 요건에 다 맞지 않았다. 게다가 학용품이라니, 첫 시작부터 너무 모범적으로 가는 것도 마음에 들지 않았다.

여울은 새 학기에만 너무 초점을 맞추지 말자고 했다. 기존 수요를 따를 필요도 있지만 수요를 창출해 내는 것이 장사꾼의 역할이기도 하다.

아이들이 최종적으로 정한 3월 콘셉트는 '수분 보충'이다. 겨울 내내 보충학습, 학원에 시달린 아이들은 몸과 마음의 수분을 잃었을 거다. 3월 달 시크릿 박스에 들어가는 품목은 예쁜 일러스트가 그려져 있는 미니 물병과 미스트, 마스크 팩과 인공 눈물이다.

학교 복도마다 정수기가 설치되어 있지만 물병을 따로 가지고 다니는 아이들 외에는 정수기를 잘 이용하지 않는다. 물병을 가지고 있다면 물을 마시기가 용이하다.

첫 달에는 화장품 품목을 두 개 넣기로 했다. 화장품으로 시작한 시크릿 박스이기 때문에 구매자들이 화장품이 들어 있을 거란 기대로 주문을 할 거다. 어느 정도의 기대를 충족시켜야 하는 것도 시크릿 박스의 몫이다. 십대가 화장을 하는 걸 못마땅하게 여기는 어른들이 많다. 하지만 이미 십대들도 화장을 하고 있는 상황에서 무조건 하지 말라는 건 역효과만 불러일으킬 뿐이다. 십대의 화장을 염려하는 이유가 어릴 적부터 화장을 하면 피부가 망가지는 것 때문이라면, 피부를 지키는 화장법을 알려주는 게 더 좋다. 그래서 시크릿 박스에 피부 지키는 화장법, 세안법 등을 엽서로 만들어 매월 넣기로 했다.

오늘은 시크릿 박스에 들어갈 상품을 확정 짓고 계약을 하기로 했다. 유준과 다솜은 상자 제작을 위해 공장으로, 여울과 지후는 상품을 주문하러 가기로 했다. 넷이 한꺼번에 움직이는 것보다 팀으로 나누어 활동하는 게 더 효율적이다.

시크릿 박스의 상자는 따로 제작하기로 했다. 지난번 시크릿 박스 1탄에서 사용한 상자는 엄마 가게에서 선물포장용으로 썼던 것으로 문구점에서 흔히 볼 수 있는 단색의 상자다. 유준은 앞으로 상자 디자인을 직접 하겠다고 했다. 유준은 혼자 틈틈이 디자인을 공부했고 매월 다른 디자인의 상자를 만들 계획이다.

여울과 지후는 먼저 주방용품 도매상으로 갔다. 물병의 종류는 매우 다양했다. 어떤 물병이 좋을까? 주 고객은 십대 여학생이다. 그들이 좋아할 만한 디자인을 골라야 한다.

벚꽃이 은은하게 그려진 물병이 눈에 확 띄었다. 봄 느낌이 물씬 풍겼다. 마침 유준이 디자인한 상자와도 잘 어울렸다. 여자아이들이 분명 마음에 들어할 거다. 다행히 가격대도 예산 내였다. 다솜에게 사진을 찍어 보냈더니 다솜과 유준도 괜찮다며 OK를 했다.

가게에서 나온 여울과 지후는 수원에 있는 화장품 총판업체로 향했다. 화장품 가게에서 사는 것보다 소매업체에 물품을 대는 도매상인 총판업체에 직접 가야만 더 저렴하게 살 수 있다.

총판에 도착한 여울은 사장님을 찾았다.

"안녕하세요, 박은선 씨 소개로 왔는데요."

총판 사장님은 오십대 중반의 아저씨다. 엄마가 화장품 가게를 할 때 거래하던 업체로, 사장님도 아이들이 화장품 가게 재고품을 판 일을 알고 있었다.

"어어, 네가 박 사장 딸이구나."

"네. 안녕하세요."

여울과 지후는 90도로 고개를 숙여 인사를 했다. 잘 보여야 조금이라도 물건을 싸게 살 수 있을 거다.

"저희 레니아 화장품에서 새로 나온 수분 촉촉 미스트랑 마스크 팩으로 결정했어요."

여울은 다솜과 함께 미리 화장품 가게를 돌아다니며 수십 개의 미스트를 테스트했다. 그 중에서 가격 대비 품질이 가장 좋은 걸 골랐다. 미스트 용량은 휴대용인 50ml를 주문할 예정이다. 사이즈가 작아 가방에 넣고 다니기에 부담 없고, 단가를 맞추려면 50ml가 적당했다.

"그런데 그 가격에 맞추긴 힘든데. 우리한테 들어오는 미스트 원가가 2,500원이야. 학생들한테 2,500원에 주면 우리한테 남는 게 뭐가 있다고? 그 가격에는 어떤 가게도 못 줘."

"그러면 저희한테 살짝 주세요. 제가 아무한테도 말 안 할게요."

여울이 넉살좋게 사장님 팔에 팔짱을 끼며 말했다.

"이건 안 돼. 대신 좀 저렴한 거 있으니까 그걸로 해."

"안돼요. 저희 꼭 레니아 거로 해야 해요."

여울은 지후에게도 가만히 있지 말라는 뜻으로 눈치를 줬다.

"사장님, 저희 계속 사장님이랑 거래할 거예요. 저희 고객도 많아요."

"학생들 얼마나 주문할 건데?"

"우선 500개요. 추가 주문 들어오면 더 주문할 거예요."

아직 주문을 받지 않은 상태이지만 지후가 호기롭게 500개라고 말했다.

"에이, 그럼. 2,600원에 해."

"안돼요, 사장님. 2,500원에 해주세요. 대신 마스크 팩은 안 깎을게요."

"그건 내가 처음부터 남는 거 없이 준다고 했잖아."

"사장님~."

여울과 지후의 끈질긴 부탁에 지친 사장님은 결국 알았다고 했다.

"대신 500개 꼭 해야 해. 안 그러면 우리가 손해라고."

"네!"

총판업체와 간이 계약서를 주고받는 것으로 계약을 맺었다. 돈은 물건을 받으면서 주기로 했다.

총판업체 방문을 끝으로 시크릿 박스에 넣을 물품 계약을 마쳤다. 인공 눈물은 엊그제 전화로 주문을 해두었다.

여울은 오늘 작성한 계약서를 확인하며 다시 한 번 물건 받을 날짜를 다이어리에 꼼꼼하게 체크했다.

버스 정류장 쪽으로 걸어가고 있는데 편의점이 보였다. 편의점 바깥에 아이스크림 냉장고가 나와 있었다.

"지후야. 우리 아이스크림 먹자."

"추운데 무슨 아이스크림이야?"

"원래 아이스크림은 추울 때 먹어야 제 맛이야."

"너, 여름에는 더울 땐 차가운 게 최고야 하면서 아이스크림 먹지?"

"어떻게 알았어?"

여울이 혀를 쏙 내밀며 편의점 쪽으로 걸어가 아이스크림 냉장고를 열었다. 뭘 먹을까 고민하고 있는데 지후가 냉장고 옆 칸을 열었다.

"네가 먹자고 했으니까 네가 사는 거다."

"야, 그런 억지가 어딨냐? 그래, 알았다. 이 누나가 사줄게!"

둘은 콘 아이스크림을 하나씩 골랐다. 지후가 아이스크림을 먹으며 차갑다고 투덜댔지만 여울은 맛있다며 좋아했다.

"야, 너 입술 더 빨개."

차가운 것을 먹어서 그런지 지후의 입술이 더 빨갛게 보였다.

"그냥 뜨거운 커피나 마실걸. 괜히 이걸 샀어."

지후가 반 정도 먹은 후 그만 먹겠다고 했지만, 여울은 자기가 사준 거니 절대 버리면 안 된다고 으름장을 놓았다. 할 수 없이 지후는 아이스크림을 다 먹었다.

잠시 후 버스가 왔고 둘은 버스에 올라탔다. 버스 안은 히터를 틀어 따뜻했다.

"아, 따뜻해."

지후가 빈 좌석에 앉으며 말했다.

"다 내 덕분에 따뜻한 줄 알아."

"이게 왜 네 덕분이냐? 버스 덕분이지."

"차가운 아이스크림 먹어서 더 따뜻한 거야. 아! 우리 여름에는 시크릿 박스에 아이스크림 쿠폰 넣을까? 편의점에서 교환해 먹을 수 있는 걸로. 어때? 대박이지!"

"됐거든! 너나 아이스크림 좋아하지 나처럼 안 좋아하는 사람들도 있다고."

"치, 주면 좋다고 먹을 거면서."

여울은 아직 여름이 시작되지 않았지만 여름 시크릿 박스의 구성품을 생각했다. 7월은 방학이니까 방학 특집으로 하면 좋을 거다. 아이스크림 쿠폰 말고 또 어떤 걸 넣지? 뭔가 깜짝 놀랄 만한 상품으로 구성하고 싶다. 시크릿 박스를 열어보며 놀랄 고객들을 생각하니 벌써부터 마음이 설렜다. 오늘 총판업체에서 거래가 잘 끝나서 그런지 유난히 기분이 더 좋았다.

여울은 오른손으로 자기 머리를 쓰다듬었다. 여울이 스스로를 칭찬할 때 하는 행동이다. 마음속으로 "잘했어, 한여울", "수고했어, 오늘도"라고 말하면서. 그러면 마음이 따뜻한 기운으로 가득 차는 기분이 들면서 편안해진다. 눈을 감고 하면 다른 사람에게 칭찬 받는 것 같기도 하다.

"한여울, 너 머리 모양 괜찮아. 뭘 그렇게 머리를 만져?"

여울은 머리를 만지고 있던 손을 얼른 내렸다. 남들은 여울이 머리카락을 매만지는 줄로만 안다.

"근데 너, 새 학기 시작 되어도 계속 이거 할 수 있어? 공부 안 해?"

여울이 지후에게 물었다. 지후가 다니는 학교는 공부를 많이 시키기로 유명한 곳이다.

"괜찮아. 내가 머리가 좀 좋거든."

지후가 말을 끝내기가 무섭게 여울이 지후의 볼을 두 손가락으로 주욱 잡아당겼다.

"하여튼 이 잘난 척 대마왕!"

"야, 아파."

지후가 소리치고 있는데 여울의 주머니에서 핸드폰 메시지가 도착했다는 알람이 울렸다. 여울은 지후의 볼을 잡아당기는 걸 멈추고 핸드폰을 꺼냈다. 다솜에게 온 거다.

― 상자 시제품 나왔어! 넘넘 예뻐! 완전 갖고 싶어!

다솜이 샘플로 나온 상자 사진을 찍어 보냈다. 벚꽃이 그려져 있는 상자는 아주 예뻤다. 산뜻한 분홍빛이 눈을 사로잡았다.

여울은 문자를 지후에게 보여주었다.

"예쁘지? 우리 분명 대박날 거야!"

여울이 신이 나서 말했고 지후도 여울의 핸드폰을 들여다보며 고개를 끄덕였다.

"아, 제발 500박스는 넘게 팔려야 할 텐데."

"팔릴 거야. 아니, 꼭 팔려야 해. 안 그러면 우리 진짜 개고생 한 거야."

지후는 500박스도 사실 부족하다고 말했다. 지후 욕심은 1,000박스를 파는 것이다.

본격적인 판매를 앞두고 여울은 걱정이 가득해 잠도 오지 않았다. 아이들은 한 달 넘게 시크릿 박스를 준비했다. 지후는 방학 동안 보충을 하지 않았고, 다솜도 학원을 등록했지만 반 이상 빠졌다. 유준도 상자 디자인을 몇 번이나 바꾸고 고치면서 신경 썼다. 만약 시크릿 박스가 팔리지 않아 수익금이 얼마 안 된다면 여울은 친구들에게 너무나 미안할 것 같다. 노력한 만큼 결과가 나와 주었으면 좋겠다. 하지만 여울도 알고 있다. 노력과 결과가 꼭 정비례하지 않는다는 사실을. 열심히 한다고 다 되는 건 아니다. 하지만 열심히 하지 않는다면 잘될 기회조차 없다.

시크릿 박스에 대해 이야기하고 있는데 이번에는 지후의 전화

벨이 울렸다. 전화를 받은 지후는 일정에 대해 묻고는 메일을 보고 다시 연락하겠다는 말을 하고 끊었다.

"무슨 전화야?"

"게임 베타 테스트하는 일 신청했거든."

지후가 핸드폰으로 게임 이름을 검색하며 대답했다. 지후는 홈페이지를 제작하는 일 이외에도 게임 베타 테스트 참가 등 다양한 알바를 했다.

"너 왜 그렇게 돈을 버는 거야?"

여울은 지후의 행동이 이해가 가지 않았다. 선우 여사가 용돈을 적게 줄 리가 없는데 지후는 돈을 아껴 쓰고 또 돈에 대해서는 아주 철저했다.

"왜 벌긴? 필요하니까 벌지."

여울은 그 이유가 궁금했지만 지후가 말하고 싶어 하지 않는 것 같아 더 이상 물어보지 않았다.

"피곤하다. 서울 도착할 때까지 좀 자자."

지후가 팔짱을 낀 채 몸을 의자에 기대며 눈을 감았다. 여울도 지후를 따라 잠을 좀 잘까 했지만 잠이 오지 않아 이어폰을 귀에 끼운 채 음악을 들었다.

여울이 집으로 돌아왔을 때 집엔 엄마 혼자 있었다. 요즘 엄마는 집에 있을 때가 많다. 화장품 가게 문을 닫고 난 후 다른 가게를 알아보고 있지만 엄마 주머니 사정에 맞는 가게는 없었다.

저녁은 엄마와 여울 둘이 먹어야 했다. 아빠는 저녁 손님이 있어 부동산에서 늦는다고 했고 여랑이는 학원에서 저녁을 먹고 온다. 방학에도 여랑이는 꽤 열심히 공부했다. 여랑이는 공부 욕심이 많고, 여랑에게 들어가는 학원비가 결코 적지 않다는 걸 여울도 알고 있다.

어렸을 때부터 여울이는 여랑에게 양보하는 편이었다. 두 명 다 학원에 다닐 형편이 되지 않았기에 여울은 먼저 엄마에게 자신은 다니지 않아도 된다고 했다. 반면에 욕심이 많은 여랑이는 영어 학원부터 피아노학원, 태권도 학원까지 많은 학원에 다녔다. 여랑은 여울보다 공부를 잘했고 상도 많이 받아왔다. 그래서 칭찬은 늘 여랑의 몫이었다. 여울은 옆에서 여랑이 칭찬 받는 걸 지켜보기만 했다. 가끔은 여울도 칭찬받고 싶을 때가 있다. 하지만 여울은 언니니까 동생 먼저 챙기는 게 맞다고 생각했다. 그리고 여울이 보기에도 여랑은 칭찬받을 만하다.

여랑이는 아직 중학생이지만 미래 계획을 착실하게 다 세워놓았다. 여랑이는 대학에 들어가자마자 공무원 시험 준비를 해서 공무원이 되는 게 꿈이다. 여랑이는 절대 아빠나 엄마처럼 불안정하게 살고 싶지 않다고 했다.

아빠는 서울 소재의 4년제 대학 국문과를 나왔지만 학과 특성 때문인지 아니면 아빠의 허황된 꿈 때문인지 제대로 된 회사에 취업을 하지 못했다. 소설가를 꿈꾸었던 아빠는 신춘문예에서 번번이 떨어졌고 회사도 다니다 그만두다를 반복했다. 결국 아빠는 5년 전에 공인중개사 자격증을 땄고 요즘에는 부동산 사무실에서 일을 한다.

상고를 졸업한 엄마는 여울을 낳기 전까지 회사에서 경리 일을 했다. 여랑을 낳은 후 다시 취업을 하려고 했지만 쉽지 않았고, 엄마는 그동안 모아둔 돈으로 아동복 가게를 열었다. 동대문에서 아동복을 떼어와 팔았는데, 백화점에서 파는 브랜드 옷과 비교하여 가격이 저렴하고 디자인이 예뻤기에 판매가 괜찮았다. 아파트 상가 안에 있던 옷가게는 잘 되었다. 여울이 초등학교에 입학할 때까지 엄마는 옷가게를 운영했다. 엄마의 첫 가게였던 아동복 전문점은 엄마가 가장 오래 운영했던 곳이기도 하다. 그곳을 5년 이상 운영했지만 인터넷 쇼핑몰이 늘어나면서 가게 손님은 자연스레 줄었다. 인터넷 쇼핑몰에서 파는 아동복이 더 저렴하고 종류도 훨씬 많았다. 장사가 잘 될 때는 좋지만 언제까지 잘 될 거란 보장이 없다. 주변 환경의 영향을 많이 받기 때문이다.

그래서 여랑이는 여울에게 자주 충고를 했다. 공무원은 학력제한이 없으니 지금부터 9급 공무원 시험 준비를 하라고 했다. 정년이 보장되고 연금도 나오는 공무원이야말로 최고의 직업 아니냐며 말이다. 하지만 여울은 잘 모르겠다. 안정이 그렇게 중요할까? 엄마와 아빠가 사는 것을 보면 그런 것 같기도 하지만 안정만을 위해 살고 싶지는 않다.

저녁 반찬은 김치찌개다. 엄마가 제일 잘 만들고 가장 자주 만드는 메뉴 중의 하나다. 재료도 김치와 돼지고기로 간단하다. 엄마가 끓여주는 김치찌개는 여느 식당 부럽지 않게 맛있다. 한때 엄마는 김치찌개를 주 메뉴로 하는 식당도 운영했다. 주방장은 따로 있었지만 식당을 운영하려면 주인도 식당에서 판매하는 음식을 어느 정도는 만들 줄 알아야 한다. 주방장이 식당에 못 오는 날이 생긴다고 식당문을 닫을 수는 없으니까. 식당은 엄마에게 큰 수익을 가져다 주지 못했지만 대신 맛있는 김치찌개 레시피를 남겨주었다.

"넌 요즘 매일 시크릿 박스인지 뭔지 그거 때문에 돌아다니는 거야?"

"응."

엄마는 여울의 창업을 크게 반대하지 않았다. 지난번 시크릿 박스가 완판된 일을 두고 여울의 가능성을 믿는다기보다, 여울 입장에서 자본이 들어간 게 아니기 때문에 잃을 게 없다는 계산에서다.

"사실 지금 창업을 해야 하는 건 네가 아니라 나여야 하는데. 어휴, 이거 뭐 돈이 있어야 창업을 하든 말든 하지. 하여튼 세상 참 불공평해. 돈이라는 게 어떻게 붙는 사람한테만 그리 붙냐. 나 같은 사람한테는 도망가기나 하고."

엄마가 밥을 먹으면서 한숨을 내쉬었다. 엄마만큼 돈 이야기를 많이 하는 사람도 없을 거다. 그러고 보면 돈은 성질이 매우 고약

한 녀석인지도 모른다. 자기를 제일 좋아하는 사람한테 오지 않는 걸 보면 말이다.

"근데 엄마. 엄마도 그랬어? 가게 열기 전에 불안하고 잠도 안 왔어?"

요즘 여울은 잠을 푹 잔 적이 없다. 원래 여울은 한번 잠들면 누가 업어가도 모를 정도로 잘 잤다. 하지만 시크릿 박스 창업 이야기가 나온 후에는 2시간마다 한 번씩 깰 정도로 깊이 잠을 들지 못했다. 밤마다 주문 고객 수가 적으면 어쩌지, 고객들이 시크릿 박스가 형편없다고 비난하면 어쩌지, 하는 여러 가지 걱정들이 다 같이 어깨동무를 한 채 여울을 찾아왔다.

"가게 열기 전에만 그런 줄 아냐? 가게 열고 나서도 계속 그래. 오늘 장사가 안 되면 안 돼서 걱정, 잘 되도 내일은 안 되면 어쩌나 하는 걱정. 매일 매일이 걱정의 연속이야. 게다가 난 느이 아빠가 월급을 제대로 갖다 주는 것도 아니라서 더 불안했다고."

엄마가 콩자반을 집어먹으며 말했다. 가게를 운영할 때보다 오히려 가게를 하지 않고 있는 요즘 엄마의 얼굴이 더 편안해 보인다.

"여울아. 난 네가 나중에 장사는 하지 않았으면 좋겠어. 꼭 월급 받는 회사 취직해서 악착같이 다녀라. 지금 하는 그 시크릿인가 뭔가는 재미 삼아 한번 해보고 말아. 알았지?"

여울은 엄마의 말에 대답을 하지 않고 밥을 먹었다.

시크릿 박스는 결코 재미 삼아 하는 게 아니었다.

미안한 인생

컴퓨터로 주문현황을 보던 지후가 한숨을 푹 내쉬었다.

쇼핑몰 사이트를 오픈한 지 일주일이 지났지만 주문량이 너무 적다. 주문 500개를 목표로 했지만 그에 10분의 1인 50개도 채 팔리지 않았다. 다음 주까지 주문을 받은 후 일괄적으로 1차 배송을 할 예정이다. 하지만 지금 추세로 봐선 100개도 어려울 것 같다. 그나마 50개가 주문된 건 선착순 주문자에게 선물을 주는 이벤트를 한 덕분이었다.

시크릿 박스 사이트를 살펴보고 있는데 여울에게 전화가 왔다. 여울은 집 앞에 도착했다며 문을 열어달라고 했다. 지하실에 있어 대문 벨소리를 듣지 못했다.

지후는 1층으로 올라가 대문 열림 버튼을 눌렀다. 잠시 후 여울이 현관문을 열고 들어왔다. 여울의 손에는 커다란 쇼핑백이 들려 있다. 여울은 지하실로 내려가지 않고 주방으로 갔고 지후도 여울을 따랐다. 여울이 쇼핑백에서 도시락통을 꺼냈다.

"그건 뭐야?"

"간식 좀 싸왔어. 다솜이랑 유준이는?"

"아직."

"지하실에서 먹으면 냄새 배잖아. 애들 오면 여기서 먹고 내려가자."

지하실은 창문이 없어 환기가 잘되지 않는다.

여울이 물을 마시고 있는데 지후가 도시락통 뚜껑을 열었다. 김밥이다. 엄지와 검지를 동그랗게 모았을 때보다 작은 사이즈로 딱 집에서 싼 김밥 모양이다. 회의를 할 때 주로 지후네 집 냉장고에 있는 밑반찬으로 밥을 먹거나 라면을 먹었다. 음식을 시켜 먹자고 하면 지후가 돈을 아껴야 한다며 반대했다. 여울은 친구들에게 미안해 아침 일찍 일어나 김밥을 쌌다.

지후는 손으로 김밥을 하나 집어 입에 넣었다. 밥이 조금 질었다.

"집에 있는 재료로 싼 거야. 맛없어도 그냥 먹어."

지후는 아무 대꾸도 하지 않고 계속해서 김밥을 집어 먹었다.

"야, 좀 천천히 먹어. 너 아침 안 먹었어?"

여울이 컵에 물을 따른 후 지후에게 건넸다. 지후는 물도 마시지 않고 김밥을 먹었다. 여울은 지후가 김밥을 먹다 체할까 봐 걱정이 되었다. 냉장고 문을 열어보니 냄비 안에 된장국이 있었다. 여울은 된장국을 데워주었다.

"그렇게 맛있어? 말도 안하고 먹을 만큼?"

"아니. 맛은 그저 그래. 앞으로는 김밥 쌀 때 밥은 물을 좀 적게 넣어. 그래야 밥이 고슬고슬해서 맛있다고. 니가 싼 김밥은 좀 질어."

"하여튼 서지후, 넌 솔직한 게 병이야. 근데 맛도 없는데 왜 그렇게 열심히 먹냐? 국도 좀 떠먹으면서 먹어. 김밥 차가워서 체할 수 있단 말야."

여울의 재촉에 지후는 국그릇을 들어 국물을 조금 마셨다.

지후가 집에서 싼 김밥을 먹는 건 아주 오랜만이다. 김밥 전문 프랜차이즈 가게가 늘어나면서 김밥 안에 들어가는 속 재료가 튼실해지고 맛도 더 있어졌다. 하지만 가게에서 파는 김밥은 집에서 만든 김밥 맛이 나지 않았다.

지후가 김밥 반 통을 먹었을 때 즈음 다솜과 유준이 도착했다. 김밥을 본 둘은 안 그래도 배가 고팠다며 식탁 앞에 앉아 김밥을 먹었다. 지후는 김밥 두 줄을 넘게 먹어놓고 아이들과 함께 또 먹었다.

"여울아, 너도 먹어."

"아냐. 난 싸면서 많이 먹었어."

여울은 친구들이 먹는 것만 봐도 기분이 좋았다.

"왜 부모님이 자식들 먹는 것만 봐도 배가 부르다고 말하는지 알 것 같아."

여울이 그 말을 하자마자 다들 오글거린다며 인상을 썼다. 지후가 토하는 시늉까지 해 여울은 곧바로 미안하다며 사과를 했다.

김밥을 먹고 난 후 지하실로 모였다. 오늘 모인 건 판매 대책을 세우기 위해서다. 목표량에 비해 턱없이 판매가 부족하다. 어떻게 하면 판매를 늘릴 수 있을지 방법을 찾아야 한다.

"적어도 지난번만큼 주문 들어와야 하는 거 아냐?"

다솜이 탁자에 엎드리며 볼멘소리를 했다. 목표량을 500개로 잡은 건 지난번 준비한 상품 500개가 완판이 된 걸 감안해서다. 그때 완판 후에도 추가 주문 요청이 100개가 훌쩍 넘었기에 적어도 500개는 거뜬히 팔릴 줄 알았다. 게다가 지난번에 비해 가격도 절반이나 낮췄다.

"그땐 화장품 할인이라고 하니까 사람들이 많이 산건가 봐."

이번에는 할인이라는 용어를 쓰지 않았다. 새롭게 시작하는 시크릿 박스의 콘셉트는 '오직 십대에 의한, 십대를 위한 비밀 상자 선물'이다. 당연히 십대에게 호응이 좋을 줄 알았는데 예상이 완전히 빗나가버렸다.

"인터넷 카페마다 홍보글 올렸는데 반응이 그저 그래. 어떡하지?"

다솜은 하루 종일 핸드폰을 붙들고 있다. 인터넷 카페에 하나라도 더 게시글을 올리기 위해서다. 개인 SNS에 올리는 것도 대부분 시크릿 박스에 관한 거다.

"우리 정말 준비 많이 했는데……."

유준도 물에 젖은 휴지처럼 축 늘어졌다.

여울은 괜찮을 거라며 나아질 거라는 말을 했다. 하지만 아이들은 별 반응이 없다. 대책 없이 잘 될 거야, 파이팅, 이라는 말만 계속 듣게 되면 지겹기만 하다.

"만약에 주문량이 계속 늘지 않으면 어쩌지?"

지후가 걱정스러운 듯 물었고 유준과 다솜도 한숨을 내쉬었다. 수익이 마이너스가 될 수 있다. 이대로 시크릿 박스의 판매량이 늘지 않는다면 큰일이다. 다음 호 시크릿 박스의 제작마저 불투명해진다. 아이들은 앞으로의 일에 대해 걱정을 했다.

"걱정하는 일의 대부분은 일어나지 않는다. 그 말 기억 안나?"

여울이 짐짓 밝은 목소리로 말했다. 지난번 시크릿 박스에 들어갔던 메시지 엽서의 글귀 중 하나다. 그때도 판매가 적을까 걱정을 했는데 이 문구를 보며 힘을 냈다. 여울은 친구들이 예전 일을 떠올리면 기운을 차릴 줄 알았다. 하지만 통하지 않았다.

안되겠다. 이 분위기가 계속 되면 나올 아이디어도 안 나올 거다. 여울은 이 침울함을 사라지게 하고 싶었다.

"유준아."

여울이 빙긋 웃으며 유준을 불렀다. 유준은 갑자기 왜 그러냐며 느끼하게 웃지 말라고 했다.

"누나들이 우리 유준이 예쁘게 만들어 줄까?"

여울이 다솜에게 눈을 찡긋거렸다. 다솜이 곧 여울의 의중을 알아차렸다. 둘은 유준에게 가까이 다가갔다.

"니들 왜 그래? 저리 가!"

"우리가 화장해줄게. 가만히 있어봐."

"야, 싫어. 지후한테 해. 왜 나한테 그래?"

"지후는 이미 화장이 되어 있는 얼굴이잖아. 쟤 얼굴에 화장할 게 뭐가 더 있냐?"

여울이 양손으로 유준의 어깨를 잡아 눌렀고 다솜이 화장품을 챙겼다. 유준이 의자에서 일어서려고 해 여울은 지후에게 도움을 요청했다.

"야, 우리 유준이 화장시킬 거야. 얼른 와서 너도 도와!"

"오케이!"

지후도 달려들었다. 지후까지 가세하니 유준이는 도망칠 수가 없었다. 유준은 한숨을 쉬며 마음대로 하라고 했다.

"그래. 내 한 몸 희생해서 너희들에게 즐거움을 줄 수 있다면 기꺼이 바치마. 내 오늘 논개가 되리라!"

유준이 두 눈을 꼭 감은 채 고개를 옆으로 돌렸다. 다솜이 고개를 똑바로 해야 한다며 주의를 주며 양 손바닥으로 유준의 얼굴을 똑바로 고정시켰다.

여울과 다솜은 먼저 화장솜으로 스킨부터 꼼꼼히 발랐다. 에센

스와 로션을 바른 후 스펀지를 이용해 CC 크림을 뭉치지 않게 펴 발랐다. 그 다음 컨실러로 잡티를 가리고 파우더를 발랐다. 볼에는 분홍색으로 볼터치까지 했다. 눈화장도 빠뜨릴 수 없다. 눈두덩이에 베이지색 아이섀도를 바른 후 아이라이너를 그리고 마스카라까지 발랐다. 마지막은 입술이다. 요즘 가장 인기 많은 체리색 틴트를 바르고 그 위에 립글로스를 덧발랐다.

유준의 풀메이크업이 완성되었다. 세상 다 끝난 것 같은 표정을 하고 있던 유준도 거울을 보여주자 재미있다는 듯 핸드폰으로 셀카까지 찍었다. 넷은 기념 삼아 유준을 중간에 두고 사진을 찍었다.

"배고프다. 우리 저녁 먹자."

벌써 저녁 시간이었다. 점심으로 김밥을 먹은 지 4시간이 훌쩍 지났다. 지하실에 있으면 시간이 어떻게 지나가는지 모르겠다. 여긴 시간을 잊게 만드는 공간이다.

"뭐 시켜 먹을까?"

유준이 피자를 시켜 먹자고 했지만 이번에도 지후가 안 된다고 했다.

"우리 돈 없어. 아껴야 해. 그냥 라면 먹자."

지후는 마이너스가 될지도 모를 상황에서 돈을 쓸 수 없다며 칼같이 잘랐다.

아이들은 툴툴거리며 1층 주방으로 올라왔다.

커다란 냄비에 물을 올려놓은 후 라면 끓일 준비를 했다.

"난 우리 대박 나서 맨날 고기나 피자 먹을 줄 알았어."

"나도. 근데 이게 뭐냐."

라면 봉지를 뜯던 다솜과 유준이 인상을 쓰며 말했다.

"아냐. 아직 우리에겐 희망이 있어! 좌절하지 말게나, 친구들!"

여울이 다솜과 유준의 어깨를 두드리며 말했다. 친구들을 다독이는 건 여울의 몫이다. 이럴 때일수록 더 힘을 내야 한다는 게 여울의 지론이다. 우울해지기 시작하면 끝이 없다.

"하여튼 이 긍정 소녀를 어쩌면 좋냐."

"그러면 기운 넘치는 한여울 양께서 라면을 끓이는 걸로."

지후가 라면 봉지를 여울의 손에 쥐어주었다. 다솜과 유준도 그러는 게 좋겠다며 라면봉지를 싱크대 위에 내려놓은 후 식탁 의자에 앉았다.

"알았다, 알았어. 내가 끓여서 대령하마!"

여울은 끓는 물에 라면을 넣기 시작했다.

"면발 불지 않게 쫄깃쫄깃하게 잘 끓여라. 난 면발 분 라면 싫어해."

지후가 팔짱을 낀 채 의자에 눕듯이 기대 앉아 지시했다. 여울은 들고 있던 국자로 지후의 머리를 한 대 때리고 싶은 걸 간신히 참았다.

아이들이 돌아가고 난 후 지후도 방으로 올라왔다. 저녁을 먹은 후 판매를 촉진할 방법에 대해 회의를 했지만 좋은 방법이 딱히 나오지 않았다. 부진한 판매에 아이들은 간간히 짜증을 내기는 했지만 많이 불안해하진 않았다. 만약 혼자였다면 이 상황을 견디지 못했을 것이다.

저녁 9시가 훌쩍 넘었지만 선우 여사는 아직 집에 오지 않았다. 아까 선우 여사가 알아서 저녁을 챙겨 먹으라고 메시지를 보냈다. 지후는 메시지 확인을 했지만 답문을 보내지 않았다.

시크릿 박스 홈페이지에 들어가 주문 확인란을 클릭했다. 그 사이 새로 주문 들어온 게 없는지 확인하기 위해서다.

새 주문이 없어 인터넷 창을 닫았다. 게임을 하려는데 계단 소리가 들렸다. 집이 조용해 작은 소리도 금방 귀에 들어온다.

곧이어 방문을 노크하는 소리가 들렸고 선우 여사가 방으로 들어왔다.

"저녁 먹었어?"

"응."

지후는 뒤를 돌아보지 않고 대답했다. 선우 여사가 책상 쪽으로 다가오는 게 느껴졌다.

"이거 써라."

선우 여사가 책상 위에 작은 쇼핑백을 올려놓았다. 쇼핑백에 유명 태블릿 PC 로고가 그려져 있다.

"이번에 회사 직원들한테 인센티브로 이걸 줬어. 사는 김에 네 것도 하나 샀어. 지난번 쓰던 건 학교에서 누가 훔쳐갔다며? 최신

제품이니까 그것보다 좋을 거야."

"필요 없어."

지후가 흘끔 쇼핑백을 쳐다보며 대답했다.

"너 새로 사고 싶다고 했다며? 고모가 그러던데?"

지난번 잃어버린 태블릿 PC는 고모가 선물로 사준 거였다. 하지만 누가 훔쳐가는 바람에 6개월을 채 쓰지 못하고 잃어버렸다. 지후는 고모와 통화하면서 미안하기도 하고 아깝기도 하여 하소연을 했다.

"이건 내가 주는 돈 아니니까 써."

"됐어. 진짜 필요 없어."

"그럼 할 수 없구나."

선우 여사가 낮게 한숨을 내쉰 후 쇼핑백을 집어 들고는 방에서 나갔다.

지후는 조금 아쉬운 마음이 들어 방문을 바라보았다. 선우 여사 말대로 돈이 아니니까 그냥 모른 척하고 받아쓸 걸 그랬나? 아니다. 태블릿 PC쯤이야 없어도 된다.

아빠는 잘 있을까? 아빠를 마지막으로 본 게 벌써 2년 전이다. 몇 번이나 아빠를 찾아갔지만 아빠는 번번이 면회를 거절했다. 아빠는 지금의 모습을 지후에게 보여주고 싶지 않다고 했다. 아빠와 떨어져 있는 시간이 길어지면 길어질수록 지후는 선우 여사가 더 원망스럽기만 했다. 왜 아빠를 구해주지 않은 걸까? 선우 여사라면 충분히 아빠를 도와줄 수 있었을 거다.

지후가 여섯 살 때 아빠와 엄마가 이혼을 했다. 이혼 후 엄마는 친정 식구들이 있는 미국으로 갔다. 엄마는 어렸을 때 미국으로 이민을 간 교포였다. 아빠가 미국 유학시절에 두 분이 만나 결혼을 했다. 이혼 후 엄마는 한국에 몇 번 나오지 않았고 지후가 엄마를 만난 횟수는 손에 꼽을 정도다. 연락도 자주 하지 않아 엄마랑 가끔 통화를 하면 너무 어색하다.

엄마랑 같이 살지 않았지만 아빠가 있어 지후는 외롭지 않았다. 지후에게 아빠는 가장 좋은 친구였다. 회사 일로 바쁜 아빠였지만 퇴근 후 꼭 지후와 놀아주었다. 아빠와 함께 게임을 하고 컴퓨터 공부를 했다. 아빠는 매일 지후에게 학교에서 무슨 일이 있었느냐고 물었고 지후의 고민을 들어주었다. 주변에 아빠와 사이가 좋지 않은 친구들을 보면 잘 이해가 가지 않았다. 지후는 아빠와 함께 있는 게 제일 좋았고, 커서 아빠처럼 되고 싶었다. 아빠는 무척 다정한 사람이었다.

한 번은 그런 적도 있다. 지후가 초등학교 3학년 때 소풍을 가는 날이었다. 지후는 당연히 김밥집에서 김밥을 사서 갈 생각이었는데 아빠가 새벽에 일어나 김밥을 싸고 있었다. 아빠는 인터넷에서 찾은 레시피를 따라 처음 김밥을 쌌다. 레시피에 나온 사진과 달리 모양은 엉망이었다. 맛도 별로였다. 밥이 질어 김밥이 진득진득했다. 반 친구들이 지후 도시락에 들어 있는 김밥을 보고 이상하다고 놀렸지만 지후는 조금도 부끄럽지 않았다. 지후에게는 세상에서 가장 맛있는 김밥이었다.

여울이 싸 온 김밥은 아빠가 싸주었던 김밥과 맛이 비슷했다. 아까 여울에게 잘 먹었다는 말을 못 한 게 마음에 걸렸다. 지후는 여울에게 메시지를 보냈다.

— 오늘 김밥, 잘 먹었다.

여울에게 곧바로 답 메시지가 왔다.

— 뭐냐, 이 느린 반응은? 아깐 맛있다고 한 마디도 안 하더니만!

여울이 장난스럽게 화가 난 이모티콘 모양을 찍어 보냈다. 여울과 닮은 너구리 이모티콘이다. 지후는 이모티콘에 여울의 얼굴이 오버랩 되어 핸드폰을 든 채 한참을 웃었다.

여울은 버스 안에서 지후와 메시지를 주고받았고 그러다 보니 어느새 집에 도착했다. 지후네 집에서 나온 후 혼자 쇼핑몰을 돌아다녔다. 물건을 사지 않았지만 이것저것 둘러보다 보니 늦었다.

현관문을 열고 들어와보니 거실 불은 꺼져 있지만 주방 불이 켜져 있다. 아빠가 주방 식탁에 앉아 노트북으로 글을 쓰고 있었다.

"이제 오는 거야?"

"응. 아빠 뭐 해?"

"뭐하긴. 반성문 쓰지."

"이번엔 무슨 일이야?"

아빠가 쓰는 반성문은 아주 다양하다. 호텔 직원을 폭행한 기업체 이사의 반성문, 식중독을 일으킨 식당의 반성문, 결함이 생긴 자동차의 리콜 반성문, 음주운전을 한 연예인의 반성문 등등 아빠의 반성문이 좋다는 입소문이 나서 요즘 아빠는 꽤 바쁘다.

아빠는 반성문을 쓰는데 아주 탁월한 재주가 있다. 아빠가 쓰는 반성문을 읽다 보면 저절로 용서하고 싶은 마음이 들었다. 아빠는 단순히 잘못에 처한 상황만 생각하지 않고 반성문을 쓰는 주체의 일대기를 생각했다. 기업이라면 기업의 역사를, 사람이라면 그 사람의 지난 인생 전부를. 반성문의 분량은 길어야 A4 한 장이지만 아빠는 거기에 원고지 700매의 이야기를 담았다.

미안한 인생을 살았기 때문에 아빠는 누구보다 반성문을 잘 쓸 수 있었다. 아빠는 무능력한 남편을 만나 고생시킨 아내에게 미안했고, 다른 집 아이들처럼 풍족한 환경을 만들어주지 못한 딸들에게도 미안했고, 꿈을 포기하지 못하고 방황하며 답답하게 사는 자신에게도 미안했다. 아빠는 늘 미안하다는 생각을 하고 살았고, 그 마음은 아빠를 반성문 전문 작가로 만들어주었다. 아빠는 비록 꿈꾸었던 소설가는 되지 못했지만 타인의 반성문을 쓰면서 대리만

족을 느꼈다.

"아이돌 가수가 트위터에 욕설을 올렸대."

"아, 알아. 안 그래도 그거 때문에 지금 인터넷에 난리 났어."

요즘 제일 잘 나가는 남자아이돌 가수인 '벡스'의 멤버 제오가 SNS에 밤중에 여러 개의 욕설을 올렸다. 소속사에서 해킹을 당한 거라고 발표했지만 네티즌들의 추리에 의하면 해킹이 아니었다.

"사실은 제오가 술에 취해 새벽에 올린 거래. 그런데 그 아이돌 가수가 워낙 바른 이미지였다며?"

"응. 팬들 사이에서는 바른 사나이로 통해."

"게다가 이제 갓 스무 살 된 거라며. 그래서 소속사에서는 어떻게든 음주 중이었음을 숨기고 싶어 해. 술을 먹고 그런 글을 올렸다고 하면 이미지 회복이 어려울 테니까. 참, 너 이거 여랑이한테는 절대 말하지 마. 걔는 분명 친구들한테 말할 거야."

"알았어."

여울이 엄지손가락과 검지손가락 끝부분을 붙인 후 입술 왼쪽에서 오른쪽으로 죽 움직이며 지퍼를 채우는 시늉을 했다.

"그래도 다행이네. 약물일까 봐 팬들이 얼마나 덜덜 떨고 있는데."

방금 전 버스 안에서도 제오 팬으로 추정되는 여학생들이 계속 그 이야기를 했다. 약물복용을 한 거면 방송 정지에, 자칫하면 그룹에서 퇴출당할 수도 있다.

제오는 십대 여학생 팬이 아주 많다. 제오는 '국민 오빠'라는 칭호를 가지고 있는데, 그가 초등학생 여동생을 끔찍이 아끼는 걸로 유명해 많은 여학생들이 제오 여동생을 세상에서 가장 부러운 사람으로 꼽았다.

"약물중독만 아니면 괜찮대?"

"응. 그 아이돌 그룹 약물중독 소문 있거든. 술이면 다행이지 뭐."

"그럼 솔직하게 술 취해서 그랬다고 하는 게 나을까? 소속사에서는 술 먹고 그랬다고 하면 이미지 나빠지니까 심한 스트레스 때문에 홧김에 올린 거로 하자고 하거든."

"에이, 별로다. 홧김에 올린 게 더 이상해. 게다가 요즘 애들 술 먹었다는 거로 실망 안 해. 제오도 스무 살인데 충분히 술 마실 수 있지 뭐."

"그런가?"

아빠는 잠시 생각을 하더니 핸드폰을 들고 화장실로 들어갔다. 전화 통화를 하기 위해서다.

한참 통화를 하던 아빠가 화장실에서 나와 주방으로 들어왔다.

"소속사 사장이랑 통화했는데 두 가지 버전으로 써보래. 음주를 솔직히 고백하는 거랑 스트레스가 극에 달해 썼다는 거로. 네가 말한 대로 솔직하게 말하는 게 더 잘 써질 것 같아."

아빠는 여울에게 아이디어를 줘서 고맙다고 말했다.

"근데 너 창업하는 건 잘 되가? 주문 많이 들어왔어?"

"아직은 그냥 그래."

"왜? 아이디어 좋던데."

여울은 괜히 아빠를 걱정시키고 싶지 않아 잘 될 거라고 말했다. 여울은 보란 듯 시크릿 박스를 성공시키고 싶었다. 그래서 부모님에게 조금은 자랑스런 딸이 되고 싶다. 여울도 알고 있다. 부모님이 어디 가서 여울의 자랑을 할 게 없다는 걸. 공부를 잘하거나 상을 받아야 자랑을 할 텐데 여울은 그런 것과는 거리가 멀었다. 어렸을 때부터 여울은 착하다는 말을 많이 들었다. 하지만 요즘 세상에 착한 건 자랑거리가 못되었다.

여울은 엄마, 아빠에게 미안하다는 생각을 자주 했다. 여랑이처럼 똑 부러지고 공부를 잘했다면 부모님을 걱정시키지 않을 텐데. 엄마와 아빠는 여랑이를 생각하면 걱정이 없다고 했지만 여울에 대해서는 그렇지 못했다.

"아빠, 미안해. 내가 남들만큼 공부를 잘하지 못해서."

여울이 식탁 위로 고개를 떨군 채 말했다. 자녀는 성적이 좋지 못하면 부모에게 미안하다는 마음을 갖는다. 마찬가지로 부모도 자녀가 공부를 못하면 역시 미안해한다. 다른 부모들처럼 학원을 많이 보내고 과외를 시켜주었다면 성적이 더 좋지 않았을까 생각하면서 말이다.

"여울아, 미안해 할 거 하나도 없어. 난 우리 여울이가 공부 못하고 얼굴이 예쁘지 않아도 괜찮아. 넌 내가 사랑하는 큰 딸이니까."

아빠는 반성문 일을 시작한 이후로 도통 하지 않던 닭살 돋는 말을 종종했다. 그럴 때면 엄마와 여랑은 왜 그러냐며 인상을 찌푸리지만 여울은 그냥 웃고 넘긴다.

"아빠, 그럼 내 얼굴 안 예쁘다는 거 인정하는 거지?"

아빠가 고개를 돌리며 딴청을 피웠다. 그런 아빠의 모습에 서운하기보다 웃음이 나왔다. 여울이 소리 내어 웃자 아빠도 따라 웃었다.

"여울아. 넌 미안한 인생을 살지 마. 아빠도 이제 안 그럴 거야. 남들의 반성문을 무수히 쓰다 보니까 너무 웃긴 거야. 정작 잘못한 사람들은 자기 잘못이 뭔지도 몰라서 다른 사람한테 사과문 대신 써달라고 하는데, 잘못도 안 한 사람들만 미안하다고 계속 사과를 하고 있어. 아빠가 살아보니까 다른 사람을 해치거나 사회 질서를 망가뜨리는 일 아니면 미안할 게 없더라. 그거 아니고는 미안해야 할 대상은 딱 한 명이야."

"그게 누군데?"

"바로 자기 자신."

아빠의 말을 듣고 있던 여울은 곰곰이 생각을 하며 천천히 고개를 끄덕였다.

"여울아. 앞으로 우리 미안하다는 말보다 고맙다는 말을 더 많이 하고 살자."

"응, 아빠. 고마워. 나 그만 들어갈게."

방으로 들어온 여울은 핸드폰으로 캡처해 둔 고객의 후기를 봤다. "좋아요", "다음 달도 기대!" 같은 한 줄의 짧은 평이라도 여울에게는 커다란 힘이 되었다. 여울은 틈날 때마다 그걸 보며 속으로 파이팅을 외쳤다. 길고 긴 말이 아니어도 된다. 짧은 응원의 말 한마디도 충분히 힘이 될 수 있다.

"미안해"가 아닌 "고마워"라는 말이 가진 힘을 여울도 알고 있다. 여울은 친구들이 생각났다.

단체 채팅방으로 들어가 "고맙다, 친구들아! 이제까지 정말 고마웠어!"라고 쓰고 귀여운 이모티콘을 붙여 보냈다. 실적이 좋지 않아 걱정하고 고민하는 친구들을 보며 여울은 너무나 미안했다. 말로는 괜찮다며 잘 될 거라고 했지만 친구들에게 피해를 줄까봐 여울도 걱정스러웠다. 괜히 친구들한테 시크릿 박스 사업을 하자고 한 건 아닌지, 시간만 빼앗은 건 아닌지 말이다. 지후는 지난 겨울 동안 보충, 자율학습도 다 빠졌고, 다솜은 그 많은 무선 데이터를 다 소진할 정도로 틈만 나면 인터넷 카페에 들어가 시크릿 박스를 홍보했고, 유준은 상자 디자인을 하기 위해 용돈을 털어 디자인학원까지 다녔다.

잠시 후 채팅 메시지가 떴다.

다솜: 여울아, 갑자기 왜 그래? 너 무슨 일 있어?

유준: 그러게. 불길하다. 너 이상한 생각하는 거 아니지?

다솜: 헉, 너 시크릿 박스 안 팔린다고 나쁜 생각하는 거야?

유준: 여울 여울, 제발 정신 차려!

아이들은 여울이 좌절해 이상한 일을 벌인다고 생각하는 듯했다. 여울이 그런 거 절대 아니라며 그냥 고마워서 그렇다는 내용의 메시지를 입력하고 있는데 지후에게 전화가 왔다.

"너 어디야?"

지후가 매우 다급하게 물었다.

"어디긴 집이지."

"너 설마 약 먹거나 집에서 뛰어내리려는 건 아니지?"

"야, 우리 집 1층이거든! 그리고 내가 왜 그런 짓을 하냐? 시크릿 박스 대박 날 거라고!"

여울은 큰소리를 친 후 전화를 끊었다.

채팅방을 들어가보니 다솜과 유준이 걱정된다며 계속 메시지를 남겼다. 여울은 친구들의 오해를 풀어줘야 할 것 같아 활짝 웃는 얼굴의 셀카를 찍어 전송했다. 그러자 아이들은 밤에 못 볼 걸 봤다고 화를 내며 채팅방을 나갔다.

반전의 시간

2학년의 새 학기가 시작되었다.

3월 시크릿 박스 주문량은 120개가 조금 넘은 상황이다. 4월달 시크릿 박스의 주문이 시작되기 전인 3월 중순까지는 계속 주문을 받을 테지만 개학 이후 주문량이 별로 늘지 않고 있다. 200개 미만이라면 수익은 마이너스다. 여울은 마이너스 금액을 혼자 다 부담하겠다고 했지만 아이들은 그건 안 된다고 했다.

"너, 잘 돼서 수익나면 혼자 다 가질 거였어? 아니잖아. 그러니까 마이너스 금액도 4명이 똑같이 나눠."

지후의 말에 다솜과 유준도 당연하다며 각자의 용돈을 털었다. 지난번 창업경진대회에서 받은 상금을 고스란히 내놓아야 했다.

점심시간, 급식소에서 나오는데 저 앞에 유선이 보였다. 여울이 알은체를 하려고 하는데 유준이 다른 쪽으로 걷기 시작했다. 여울 과 다솜은 유준을 따라갔다.

유준은 내심 유선이 어려운 사정을 알아주어 선불로 받은 알바 비의 일부를 돌려주기를 기대했다. 하지만 어림없었다. 결국 그 일 로 둘이 좀 다퉜다. 유준은 그 돈을 꼭 다 받아야 하냐고 했고, 유 선은 이렇게 나올 줄 알고 처음부터 도와주기 싫었다고 대꾸했다. 그리고 유선은 자신이 일한 정당한 대가를 받은 것뿐인데 왜 그러 는 거냐며 화를 냈다.

유준이 입장에서는 수익이 마이너스인 상태에서 회계 비용으로 유선에게 지불한 돈이 아까웠다. 친구들을 볼 면목도 없었다. 지후 와 여울, 다솜은 유선이 알바비를 돌려줄 필요가 없다며 유준에게 신경 쓰지 않아도 된다고 했지만 유준의 마음은 그렇지 않았다.

유준이 향한 곳은 교실이 아닌 운동장 등나무다. 아직 3월 초이 긴 했지만 오늘은 날이 풀려 바깥에 있을 만했다.

"우리 4월달 상품 준비해야 하지 않아?"

여울이 다솜과 유준의 눈치를 보며 이야기를 꺼냈다. 3월 판매 량이 적긴 하지만 4월 판매 준비를 시작해야 한다. 매월 15일부터 다음 달 주문을 받는다. 하지만 아직까지 아무도 그 이야기를 꺼 내지 않았다. 과연 지금 상황에서 4월 판매 준비를 하는 게 맞을까 싶다. 4월달 주문은 더 적을 수 있다.

"계속 판매가 늘지 않으면 어떻게 해? 점점 더 줄어들 수도 있잖

아. 안 그래도 3월달 적자인데."

다솜이 우물쭈물하며 말을 꺼냈다.

"그래도 우리 하는 데까지 해봐야 하지 않을까? 이미 6개월치를 한꺼번에 신청한 사람들도 있잖아."

그나마 3월달 시크릿 박스의 마이너스 수익금을 용돈으로 충당할 수 있었던 건 모두 장기 구매자들 덕분이다. 여울은 아직 3월분 판매 기간이 남았으니 조금 더 기다려보자고 했다.

"그런데 앞으로도 적자면? 이번 달이야 상금 받은 걸로 메울 수 있지만 다음 달은 어떻게 할 건데?"

다솜이 한숨을 내쉬며 말했다.

"김다솜, 왜 재수 없는 소리를 하냐?"

유준이 인상을 찌푸리며 말했다.

"뭐가? 나도 걱정 돼서 그래."

다솜이 유준을 쩨려보았지만 유준은 아랑곳하지 않고 계속 말을 했다.

"판매 시작한 지 이제 겨우 2주 지났어. 그런데 왜 초치는 소리를 하냐고?"

"지난번이랑 다르게 반응이 너무 없으니까 그러지."

"좀 기다려봐. 넌 매번 그러잖아. 조금만 마음에 안 들면 징징대고."

"뭐? 징징대?"

분위기가 좋지 않았다. 여울이 일어나 얼른 둘 사이로 끼어들었다.

"야, 왜들 그래. 점심시간 다 끝나간다. 얼른 가자."

여울이 다솜에게 다가가 다솜의 팔짱을 꼈다. 다솜은 뭔가 더 말을 하려다가 여울을 따라 일어섰다.

"유준이가 예민해서 그래. 네가 이해해."

"말을 왜 저렇게 해? 맹유준 정말 짜증나."

"그러게."

여울이 고개를 돌려 유준에게 입모양으로 "너 왜 그래?"라고 말했다. 유준은 고개를 돌린 채 여울과 다솜이 멀리 사라져 보이지 않을 때까지 벤치에 그대로 앉아 있었다.

영화관 앞에 서 있던 다솜이 유준을 향해 손을 흔들었다. 토요일이라 둘이 영화를 보기로 했다. 오랜만에 하는 데이트다. 그동안 시크릿 박스 때문에 바빠 제대로 된 데이트를 하지 못했다.

예매기에서 영화표를 사려는데 다솜이 보고 싶다고 한 영화의 좌석이 몇 개 남아 있지 않았다. 맨 앞자리 두 줄만 비어 있다. 자막이 있는 영화라 앞자리에서 보면 불편하다. 영화를 보고 나오면 목에 디스크가 온 것처럼 아플 게 뻔하다.

다음 상영시간을 체크하니 다를 게 없다. 빈자리가 있는 건 밤 9시가 넘어서다. 요즘 가장 인기 많은 영화라 다들 일찍 예매를 했나 보다.

"우리도 예매할걸. 이럴 줄 몰랐어."

속이 상한 다솜이 툴툴거렸다.

"두 번째 줄에서라도 볼래?"

유준이 좌석 선택 버튼을 눌렀는데 그 사이 두 번째 줄도 팔리고 없었다.

"영화는 다음에 봐야겠다. 대신 우리 뭐 먹으러 가자."

다솜이 유준의 팔을 잡아당기며 말했다.

"지금? 아직 4시밖에 안 됐는데. 나 점심 늦게 먹었어."

둘은 멀뚱하니 상영관 입구에 서 있었다. 주말이라 사람들이 많다. 다솜의 옆을 지나가던 남자가 툭하고 다솜의 어깨를 치고 갔다. 다솜이 아아, 하고 소리 냈지만 남자는 이미 사라진 후다. 계속 여기에 서 있을 수는 없다.

"그럼 음료수라도 마시러 가든지."

다솜은 터덜터덜 걸어 영화관 밖으로 나왔다.

근처 카페에 들어갔는데 그곳 역시 빈 좌석이 없었다.

"유준아, 우리 다른 데 갈래?"

"아냐. 다른 데도 사람 많을 것 같아. 그냥 기다리자."

5분 정도 기다리니 자리에서 일어나는 사람들이 있었다. 둘은 그곳으로 가 자리를 잡았다.

잠시 후 주문한 음료가 나왔다. 다솜은 빨대로 아이스티를 마셨다. 유준은 음료를 마시지 않고 소파에 몸을 기댄 채 하품을 했다.

"어제 늦게 잤어?"

"어, 조금."

"왜 늦게 잤는데?"

"게임 하다 보니까 새벽이더라고."

유준이 핸드폰을 만지작거리며 대답을 했다.

"피곤해?"

"뭐, 조금."

유준이 건성건성 대답했다. 지난주 점심시간에 말다툼을 한 이후로 계속 저런다. 벌써 일주일도 넘었다. 다솜은 오늘 단둘이 만나 그때 일을 풀고 싶었다.

"맹유준, 너 왜 그래?"

"내가 뭘?"

"몰라서 물어?"

"응. 모르는데."

유준이 핸드폰 액정에서 눈을 떼지 않은 채 대답했다. 다솜은 유준의 손에서 핸드폰을 뺏고 싶은 걸 간신히 참았다.

"나한테 왜 계속 틱틱거려?"

"왜 또 시비야?"

"시비라니? 말을 왜 그렇게 해?"

다솜은 팔을 뻗어 유준의 손에서 핸드폰을 채 왔다.

"줘."

유준이 손을 내밀었지만 다솜은 핸드폰을 손에 쥔 채 주지 않았다.

"너 인터넷 하려고 여기 나왔어? 너 진짜 짜증나는 거 알아?"

"달라고."

유준은 핸드폰을 달라는 말만 반복했다. 다솜은 유준을 노려보다가 핸드폰을 탁자 위에 탁 소리가 나도록 내려놓았다.

"그럼 게임이나 실컷 해!"

다솜이 벌떡 일어나 카페를 나왔다.

몇 발자국 걸었는데 뒤가 조용하다. 다솜이 고개를 돌려 살폈지만 유준의 모습은 보이지 않았다. 당연히 따라 나올 줄 알았는데. 다솜은 다시 카페 쪽으로 걸어가 창밖에서 안을 살폈다. 유준은 그 자리에 그대로 앉아 계속 핸드폰을 만지고 있다.

다솜은 윗니로 아랫입술을 깨물며 눈물이 나오는 걸 간신히 참았다.

여울은 토요일이라 오랫만에 집에서 쉬었다. 그동안 시크릿 박스 때문에 주말에도 계속 돌아다녀 쉬는 날이 거의 없었다.

인터넷에 접속해 시크릿 박스 홈페이지에 들어갔다. 오늘도 방문자 수가 적다.

여울은 십대 여자아이들이 많이 접속하는 인터넷 카페에 들어가 봤다. 시크릿 박스에 대한 글이 별로 없다. 작년에는 카페에 시크릿 박스에 관한 글이 꽤 많이 올라왔다.

페이스북에 들어갔는데 다솜이 자신의 상태를 업데이트했다.

아무도 내 마음을 몰라준다. 우울감에 빠져 죽을 것만 같다 ㅠㅠ

1분 전에 올라온 글이다. 다솜에게 무슨 일이 생긴 걸까? 오늘 유준이랑 데이트 한다고 들떠 있었는데. 혹시 둘이 싸운 건가? 여울은 걱정스런 마음에 다솜에게 전화를 걸었다. 수화음이 여러 번 울린 후 다솜이 전화를 받았는데, 수화기 너머로 우는 소리가 들렸다.

"다솜아, 왜 그래? 무슨 일 있어?"

"맹유준…… 나쁜 놈…… 어떻게…… 나한테……."

다솜이 띄엄띄엄 말을 내뱉었다. 우는 소리 때문에 뭐라고 하는지 확실히 알 수 없었지만 유준이 이름이 간간히 들렸다.

"유준이랑 싸웠어? 너 지금 어디야?"

여울은 다솜에게 가기 위해 옷을 챙겨 입고 서둘러 집에서 나왔다.

다솜은 떡볶이 가게에서 혼자 떡볶이를 먹고 있었다. 다솜의 입술 주변이 떡볶이 양념 때문에 발갛게 변해 있다.

"왔어?"

여울을 본 다솜의 눈꼬리가 축 처졌다. 평소에도 양쪽 눈꼬리가 조금 처져 있는데 기분이 좋지 않을 때는 유독 더 처져보였다.

"안 매워?"

이 떡볶이 가게는 매운 거로 유명하다.

"매워. 그래서 먹는 거야. 맹유준 때문에 짜증나 죽겠어!"

다솜은 아까 있었던 일을 여울에게 하나도 빠짐없이 주석까지 달아가며 이야기했다.

"맹유준 요즘 정말 이상해. 너도 봤지? 학교에서 내내 쌩했잖아. 오늘도 나한테 막 화내더니 미안하다고 사과도 안했어."

다솜이 입을 앞으로 잔뜩 내밀었고 입가에 떡볶이 양념이 묻어 있다. 여울은 휴지를 뽑아 다솜의 입가를 닦아주었다.

"그러게. 맹유준 왜 그러냐, 정말. 나빴네."

"그렇지? 여울이 네가 보기에도 그렇지?"

여울이 그렇다고 말하며 고개를 끄덕였다.

"아, 매워."

그제야 혀가 매운맛을 느끼는지 다솜이 물을 벌컥벌컥 마셨다. 이제 조금 안정이 되나 보다. 여울은 상황을 봐가며 말을 꺼냈다.

"그런데 유준이가 많이 속상한가봐. 시크릿 박스 판매량이 낮기도 하지만 상자 디자인에 대해서 반응이 없잖아."

"그러게. 왜 한 명도 상자 디자인 예쁘다고 안 하냐? 후기 봤는데 상자 이야기 하나도 없더라. 디자인 정말 예쁘게 잘 나왔는데."

다솜이 핸드폰을 꺼내 사진첩에 저장되어 있는 상자 사진을 보며 말했다.

"정말 괜찮지 않아? 나라면 상자 때문에라도 주문하겠다."

"너 지금 남친 편드는 거야?"

"편은 무슨. 난 객관적으로 말하는 거라고."

다솜이 핸드폰을 탁자 위에 내려놓았다.

"정말 그것 때문이겠지? 혹시 내가 싫어졌거나 뭐 그래서 그런 거 아니겠지?"

다솜이 정말로 궁금한 건 이거다. 요즘 자신을 대하는 유준의 태도가 변한 것 같아 다솜은 걱정이 되었다.

"당연하지. 맹유준이 너 얼마나 좋아하는데."

"그래? 정말 그래 보여?"

"응. 아주 질투나 죽겠다고."

여울의 말에 다솜의 얼굴이 조금 밝아졌다. 다솜은 아무래도 오늘 유준에게 좀 심하게 군 것 같다고 말했다.

"시크릿 박스가 잘 팔렸으면 이런 일도 안 생겼을 텐데. 미안해."

여울은 아무래도 자신이 벌인 일 때문에 둘이 싸우게 된 것 같아 미안했다.

"또, 또! 한여울, 또 그런다! 너도 그 버릇 좀 고쳐. 다 네 책임인 것처럼 굴지 좀 마."

"알았어. 미안."

"아, 또 미안하대."

여울은 아차 싶어 혀를 내밀며 웃었다. 누가 아빠 딸 아니랄까 봐 사과를 너무 잘한다.

둘은 떡볶이 가게에서 한 시간 정도 더 수다를 떤 후 헤어졌다. 이런 저런 이야기를 하다 보니 그동안 쌓였던 스트레스가 풀리는 듯했다.

여울은 집에 오는 길에 다솜의 페이스북에 들어갔다.

치, 그러니까 진작 잘하지. 지금이라도 사과했으니 용서한다).(내 애증의 남자 친구!!!!

다솜이 유준과 화해를 한 듯하다. 여울은 사랑 싸움 좀 그만 하라는 댓글을 달았다.

여울은 다솜의 페이스북을 죽 살펴봤다. 다솜은 SNS를 일기장처럼 이용한다. 다솜의 SNS에 들어가면 다솜의 상태를 전부 다 알수 있다. 그때 여울이 유준에 대한 마음을 접은 것도 다솜의 SNS 때문이다.

여울은 유준을 좋아했다. 유비고 입학 전부터 메신저로 유준과 자주 대화를 나누었고 유준과 통하는 게 많았다. 따로 만나 영화를 보거나 밥을 먹으면서 묘한 감정을 느꼈다. 여울은 한 번도 남자 친구를 사귀어 본 적은 없지만 이러다가 유준과 사귈 수도 있겠구나 싶었다. 유준과 대화하는 게 즐거웠고 기다려졌다.

입학 후에도 여울은 유준과 계속 가깝게 지냈다. 그러면서 유준만큼 다솜과도 친해졌고, 자연스레 여울, 유준, 다솜 셋이 붙어 다니게 되었다. 어느 날 다솜의 페이스북에 새 글이 올라왔다. 다솜이 누군가를 짝사랑하는 마음을 나타낸 글이었다. 여울은 그 상대가 누군지 몰랐다. 하지만 다솜은 비밀이라며 여울에게만 그 상대가 누구인지 알려주었다. 다솜이 좋아하는 사람은 바로 유준이었다. 다솜은 여울에게 유준과 잘될 수 있도록 도와달라고 부탁했다. 여울은 자신도 유준을 좋아한다고 말하지 못했다. 만약 다솜이 그 사실을 알게 된다면 친구 다솜을 잃을 게 분명하다. 여울은 더 이상 유준을 좋아하지 않기로 했다.

다솜은 매일같이 페이스북에 짝사랑을 하고 있다는 글을 남겼다. 여울은 유준과 자신 사이에 선을 명확하게 그은 후, 다솜과 유준이 친해질 수 있도록 도와주었다. 그리고 얼마 지나지 않아 둘이 사귀게 되었다. 여울은 모두에게 잘된 일이라고 생각했다. 여울은 다솜도, 유준도 모두 잃지 않았다. 친구로서 둘을 다 만날 수 있다. 여울은 그렇게 합리화하면서 제 마음을 감췄다.

일요일 아침, 여울은 오랜만에 늦잠을 잤다. 10시가 훌쩍 넘어서야 아침을 먹었다. 여랑과 엄마가 거실에서 텔레비전을 보고 있었고, 식사를 끝낸 여울도 옆에 가서 함께 봤다.

"언니 너 전화 오는 것 같은데?"

여랑이 여울의 팔을 툭툭 치며 말했다. 방에서 핸드폰 벨소리가 들렸다. 여울은 텔레비전을 보다 말고 소파에서 일어났다.

여울이 방으로 들어갔을 때 울리던 전화 벨소리가 멈췄다. 다솜에게 전화가 여러 통 와 있다. 또 유준이랑 싸운 건가? 무슨 일이냐고 메시지를 보내려는데 다시 다솜에게 전화가 걸려왔다.

"여울 여울, 이상해."

"뭐가?"

"주문량이 너무 많아."

"뭐?"

여울은 자신이 잘못 들었나 싶었다. 곧 여울은 다솜이 장난을 치고 있다는 걸 알아차렸다. 지금 다솜 옆에는 유준이 있을 거다. 둘은 여러 번 여울에게 장난을 친 전력이 있다. 유준이 병원에 입원했다고 해서 급히 가보니 다솜과 유준이 노래방에 가자고 여울을 불러낸 거였다. 또 한 번은 여울이 좋아하는 아이돌 가수가 유준이 아르바이트 하는 편의점에 왔다며 전화를 바꿔준다고 했다. 물론 그것도 장난이었다. 장난을 치는 걸 보니 둘이 완벽하게 화해를 했나 보다.

여울은 둘을 재미있게 해주기 위해 깜짝 놀란 척을 해줄까 하다가 그만두고 장난하지 말라고 말했다.

"장난 아니라니깐!"

"유준이나 바꿔. 너희 둘 제발 좀 그만 해라."

"나 집이야. 유준이 옆에 없다고!"

다솜이 소리를 질렀다. 다솜이 연기를 하는 것 같진 않았다. 다솜의 목소리가 유난히 들떠 있긴 하다. 다솜은 얼른 쇼핑몰 홈페이지에 들어가보라고 했다.

여울은 급하게 컴퓨터를 켠 후 쇼핑몰 사이트를 클릭했다.

"어? 트래픽 초과라는데? 이거 왜 그래? 해킹당한 거야?"

아무리 클릭해도 쇼핑몰 바탕화면이 뜨지 않았다.

"방금 전까진 괜찮았는데."

여울이 어떻게 된 거냐고 다솜에게 물었지만 다솜도 잘 모르겠다는 말만 했다. 그때 지후에게 전화가 걸려왔다. 여울은 다시 전화를 걸겠다고 말한 후 지후의 전화를 받았다.

"한여울, 우리 이제 큰일났다."

"알아."

여울이 쇼핑몰 사이트가 열리지 않는 것에 대해 말하려고 하는데 지후가 먼저 말을 했다.

"5,000개를 다 어떻게 포장하냐."

"뭐?"

"다음 달 주문 5,000개 넘었어."

여울은 전화기를 들고 아무 말도 하지 못한 채 가만히 서 있었다. 지후는 도대체 무슨 말을 하는 걸까? 지후까지 유준, 다솜이랑 짜고 자신에게 장난을 치는 걸까?

"한여울, 긴급회의다. 지금 당장 지하실로 와!"

지후가 그 말을 남기고 전화를 끊었다.

아이들은 급하게 지하실로 모였다. 쇼핑몰 사이트는 여전히 트래픽 초과로 열리지 않는다. 여울은 이곳으로 오면서 친구들이 자신에게 장난을 친다는 의심을 버리지 못했다. 하지만 지하실에 와서 인터넷을 검색해보니 다솜과 지후가 말한 게 모두 사실이었다. 실시간 검색어에 계속 '시크릿 박스'가 떴다. 지후가 관리하는 주문 관리 내역을 보니 주문이 5,028개 들어왔다.

시크릿 박스 주문량이 대폭 늘어난 데에는 사연이 있었다. 오늘 새벽, 아이돌 가수 제오가 SNS에 시크릿 박스 3월호를 올렸다. 제오는 올해 중학생이 된 여동생에게 시크릿 박스를 선물했는데 여동생이 무척 좋아했다며 인증샷을 올렸다. 그걸 본 제오의 팬들이 자기도 여동생처럼 그 선물을 받고 말겠다며 시크릿 박스에 들어가 주문을 하기 시작했다.

연예부 기자들은 여느 때와 같이 연예인의 SNS를 실시간으로 검색하여 그걸 기사화했고 시크릿 박스도 그 대상이 되었다. 그러자 제오의 팬들뿐만 아니라 다른 십대들도 궁금증에 시크릿 박스 홈페이지에 들어갔고 이는 트래픽 초과로 이어졌다. 그렇게 되다 보니 또다시 시크릿 박스는 화제가 되었다. 도대체 시크릿 박스가 뭐기에 실시간 검색어에 오르는지 검색하는 사람들이 점점 더 늘었다. 눈덩이가 구르면 구를수록 더 커진다는 스노우볼 효과가 지금 나타나고 있다.

"근데 제오가 어떻게 시크릿 박스를 알게 된 거지?"

"120박스 주문자 중에 한 명이 제오였던 거야? 완전 대박!"

아이들은 주문량이 늘어난 것도 늘어난 거지만 유명 아이돌 가수가 시크릿 박스를 알게 된 것을 더 신기하게 여겼다.

여울은 짐작 가는 데가 있었다. 지난 달 아빠가 제오 반성문을 써주었는데 그 반응이 아주 좋았다. 스무 살에 대한 기대와 아이돌 가수로서의 고충에 대해 아빠는 A4 한 장 분량으로 구구절절하지만 세련되게 잘 썼다. 바른 이미지를 잃어 위기에 처할 뻔했던 제오는 아빠가 써준 반성문으로 순식간에 청춘의 아이콘이 되었다. 게다가 제오가 속한 그룹은 올해 모두 스무 살이 되었고 십대로 구성된 다른 보이 아이돌 그룹과 차별화를 이루어냈다.

제오와 기획사 사장은 반성문을 써준 아빠의 공이 크다고 보았다. 내친 김에 제오가 SNS에 올렸던 글을 모아 책으로 내기로 했는데, 아빠가 거기에 살을 붙여 다듬어 주기로 했다.

며칠 전 아빠가 제오를 만나러 간다고 했는데 그때 아빠가 제오에게 시크릿 박스를 가져다 준 게 분명하다. 하지만 이 모든 걸 자세히 친구들에게 이야기할 수 없다. 아빠가 제오의 반성문을 써줬다는 건 비밀이다. 여울은 그냥 아빠와 제오의 기획사 사장이 예전부터 알고 지낸 관계라고 둘러댔다.

"당장 4월 아이템 회의부터 하자."

지후가 침착하게 당장 해야 할 일부터 정리를 했다.

"쇼핑몰은 언제 다시 열 수 있어?"

"내일 오전이면 복구될 거야."

"유준아. 맹유선한테 5,000개 이상일 때 수익금 좀 계산해서 알려달라고 해줘."

"니들이 대신 부탁하면 안 돼?"

유준은 유선에게 연락하는 게 좀 꺼려졌다. 유선과 다툰 것을 아직 풀지 못했다.

"그럼 내가 지금 전화해서 부탁해볼게."

지후가 대신 하겠다고 나섰다. 지후가 유선에게 전화를 걸러 간 사이 나머지 아이들은 4월 아이템에 대해 의논했다.

아이들이 구성한 4월 주제는 '봄'으로 노란색을 콘셉트로 잡았다. 우선 상자 색깔을 진한 레몬색으로 만들어 유준이 디자인하기로 했고, 그 안에 황사를 대비한 클렌징폼과 노란색 틴케이스로 된 립밤, 먹는 비타민C와 노란색의 샤프와 펜을 넣기로 했다.

"개수가 늘어나면 단가를 좀 낮출 수 있지 않을까?"

유준이 기존 구성에 보너스 상품을 하나 더 넣자는 의견을 내놓았다.

"오, 그거 좋다. 5,000개 돌파 기념 추가 구성이라고 홍보하는 거야."

다솜이 얼른 홍보용 문구를 노트에 적었다.

앞으로의 계획에 대해 이야기하고 있는데 지후의 핸드폰 메시지 알람이 울렸다. 지후가 메시지를 보며 말했다.

"맹유선이 지금 메일로 수익 예상표 보냈대."

노트북 앞에 앉아있던 유준이 자리를 비켜주었고 지후가 메일 함으로 들어갔다.

"유선이 집에 있었나 보다."

"그러게. 금방 해서 보내주고, 고맙다."

여울과 다솜이 말했지만 유준은 입을 다문 채 아무 말도 하지 않았다. 지난번 유선에게 쏘아붙인 게 마음에 걸렸다. 유선이 보수를 받은 건 당연한 일이었는데 괜히 유선에게 뭐라고 한 것 같다.

노트북 화면에 뜬 예상 수익표를 본 아이들은 너무 놀라 입을 다물지 못했다. 유선은 5,000개부터 10,000개까지 정리를 해서 보내줬다.

"야, 이게 얼마야. 5,000개면 500만 원이고, 만약에 만 개 팔리면 우리 처, 천만 원을 버는 거야?"

유준이 화면에 나와 있는 금액을 말하며 버벅거렸다.

"앞으로 계속 5,000개씩 팔릴 수도 있어!"

여울과 다솜은 신이 나서 펄쩍펄쩍 뛰었다. 유준도 그 사이에 끼어 셋은 얼싸안고 꺅꺅 소리를 지르며 좋아했다. 하지만 지후는 의자에 앉아 그런 세 명을 가만히 지켜보기만 했다. 한참 셋이 방방 뛰고 있는데 지후가 말했다.

"주문량 많다고 무조건 좋아할 건 아니라고. 많은 사람의 기대를 충족시키려면 더 노력해야 해."

지후의 말을 듣고 셋은 자리를 찾아 앉았다.

정신을 차리고 보니 늘어난 수만큼의 사람들을 다 만족시켜야 한다는 부담감이 갑자기 물밀듯이 밀려왔다. 120명의 기대보다 5,000명의 기대는 더 클 수밖에 없다. 그리고 그 기대를 충족시켜 주지 못한다면 비난도 그만큼 배로 받게 된다.

"당장 4월달 팔고 끝낼 거 아니잖아."

지후는 앞으로가 진짜 중요하다고 했다. 호기심에 한 번 정도는 구매할 수 있다. 하지만 만족스럽지 못하면 추가 구매로 이어지지 않고 고객은 줄어들 거다. 제오 효과는 이번 한 번뿐이다. 지금을 마냥 좋아할 수만은 없다.

설렘과 뒤섞인 진한 긴장감이 지하실을 가득 메웠다.

3부
구름 위를 걷는
아이들

SECRET
BOX

기대를 넘어

　날이 갈수록 시크릿 박스의 인기는 더해갔다. 4월 달을 기준으로 매월 판매량이 늘었고 7월 달 주문량은 15,000박스가 넘었다. 제오로 인해 알려진 시크릿 박스는 구매자들의 후기와 입소문으로 인해 연일 화제가 되었다.

　지후는 발 빠르게 시크릿 박스 앱을 만들어 구매자들이 활용할 수 있도록 했다. 앱에는 제품 소개뿐 아니라 회원들이 제품 평가를 하는 공간과 시크릿 박스 상품에 대한 아이디어 공유란도 만들었다. 또한 비밀 일기장 공간을 만들어 따로 메모를 할 수 있도록 했다. 이 모든 건 시크릿 박스 안에 들어 있는 시리얼 넘버를 입력하면 이용할 수 있다. 시크릿 박스 상품만큼 앱도 인기가 좋았다. 앱을 이용하기 위해 시크릿 박스를 주문하는 사람까지 있을 정도다.

십대들이 시크릿 박스의 가치를 높이 산 건, 피동적이던 십대가 소비의 주체가 되었기 때문이다. 십대를 위한 상품을 고르는 이가 바로 십대다. 어른들이 골라주는 게 아니라 또래가 직접 고른다는 것만으로도 충분히 흥미를 유발시켰다.

시크릿 박스는 십대뿐 아니라 다른 세대에게도 주목을 받았다. 시크릿 박스를 만든 아이들을 취재하려는 신문사가 많았고 아이들은 되도록 모든 인터뷰에 다 응했다. 노출이 판매에 영향을 미치기 때문이다.

학교에서는 인터뷰가 있다고 하면 수업을 빠져도 출석 처리를 해주었다. 시크릿 박스 덕분에 유비고도 자연스레 홍보가 되었다. 유비고에 진학하겠다며 벌써부터 입학 문의를 하는 중학생이 많았다. 학교에서는 시크릿 박스의 공로를 인정해 아이들에게 표창장까지 주었다.

집에 일찍 돌아온 유준은 타블렛에 그림을 그리고 있었다. 저녁에 화장품 회사 관계자들과 다 같이 만나기로 했는데 그때까지 시간이 많이 남았다. 여울과 다솜은 쇼핑몰을 돌아다니며 시장조사를 한다고 했고 유준은 집으로 왔다.

타블렛은 지난주 여울이 선물해준 거다. 회의가 끝나고 집으로 가려는데 여울이 줄 게 있다며 유준과 지후, 다솜에게 시크릿 박스 상자를 하나씩 내밀었다. 유준이 처음 디자인한 벚꽃 그림이 그려진 3월 상자였다. 유준의 상자 속에는 이 타블렛이 있었다. 타블렛에 그림을 그리면 바로 컴퓨터 화면에 입력이 된다. 여울은 시크릿 박스 앱을 사용할 때 캐릭터가 있으면 좋을 것 같다며, 유준에게 캐릭터를 개발해보라고 했다. 지금 시크릿 박스 앱이 조금 심심하긴 했다.

유준이 그리고 있는 캐릭터는 비밀토끼 시리즈다. 입을 가리고 웃는 토끼, 눈을 찡긋하는 토끼, 모른 척 휘파람을 부는 토끼 등 여러 가지 버전으로 그려보고 있다.

한참 그림을 그리고 있는데 바깥에서 현관문이 열리는 소리가 들렸다. 엄마가 퇴근했나 보다. 유준은 얼른 서랍 속에 넣어두었던 봉투를 들고 거실로 나갔다.

"엄마, 이제 와?"

"응."

엄마는 신발을 벗고 들어오자마자 땅바닥에 털퍼덕 주저앉았다. 앉아 있으니 엄마가 더 작게 느껴졌다. 유준의 키가 작은 건 엄마를 닮아서다. 엄마는 키가 150cm가 조금 넘는다. 아빠도 키가 큰 편은 아니지만 그래도 아빠는 170cm 가까이 된다. 유준은 아빠만큼 키가 크는 게 소원이다. 지금 유준의 키는 166.5cm인데 1년 전에 비해 겨우 0.5cm 자랐다. 남자는 군대 다녀와서도 키가 큰다고 하는데 지금 자라는 속도를 보면 성장판이 닫힌 게 아닐까 싶다. 병원에 가서 검사를 받아보고 싶지만 검사비도 검사비거니와 이미 성장판이 닫혔다는 말을 들을까 봐 겁이 나서 가지 않았다.

"아빠는?"

"아저씨들이랑 같이 소주 한잔 하고 오신대."

엄마는 어깨가 아픈지 오른 주먹으로 왼쪽 어깨를 두드렸다.

"엄마, 저기 이거."

유준이 엄마에게 봉투를 내밀었다.

"이게 뭐야?"

"지난 달 수익금 정산한 거야."

유준은 집에 오는 길에 은행에 들러 돈을 인출했다. 유준은 정산 받은 수익금의 30%를 떼고 나머지는 모두 엄마에게 주었다.

"너 쓰라니까."

"내 건 따로 있어. 엄마, 앞으로 우리 사업 잘되면 더 많이 받을 수 있어. 나 이거 잘되면 엄마 힘들게 일 안 해도 돼."

"말만 들어도 좋다. 우리 유준인 뭘 해도 잘할 거야."

엄마가 웃는 걸 보자 유준도 기분이 좋아졌다. 유준은 이제까지 세상이 공평치 않아 화가 난 적이 많았다. 왜 엄마와 아빠는 열심히 사는데 가난을 벗어나지 못할까? 부모님이 힘들게 일하는 모습을 보면 유준은 안타깝기도 하고 답답하기도 했다. 하지만 점점 공평의 추가 유준 쪽으로도 오고 있는 것 같다.

"엄마, 나 친구들이랑 저녁 먹고 올게. 오늘 약속 있어."

"그래, 그럼."

유준은 옷을 챙겨 입고 약속 장소로 가기 위해 집을 나섰다.

여울에게 텔레비전 프로그램 섭외가 들어왔다. 화장품을 소개하는 인기 케이블 방송인데 여름방학 특집으로 '십대를 위한 화장품'이 주제다. 여울은 방송에 나가 화장품을 소개하기로 했다.

여울은 다솜과 함께 시장조사를 하러 명동을 돌아다녔다. 저녁때라 그런지 길이 무척 붐볐다. 명동에는 화장품 로드 숍들이 많이 밀집되어 있다. 여울이 방송에 나가 소개할 화장품을 직접 고르기로 했고, 그것들을 8월호 시크릿 박스에도 넣을 예정이다.

"너랑 같이 나가면 좋을 텐데."

여울은 방송에 혼자만 나가게 되어 다솜에게 미안했다. 여울은 방송국에 전화를 걸어 다솜과 함께 나가면 안 되냐고 물었지만 두 명이나 나올 필요가 없다고 했다. 시크릿 박스 대표는 여울로 되어 있고 다솜보다는 여울이 침착하게 말을 잘 하기 때문에 여울이 나가기로 했다.

"대신, 너 나가서 잘해야 해. 못하기만 해봐. 가만 안 둬."

다솜이 여울을 장난삼아 째려보며 말했고, 여울은 두 주먹을 쥐어 보이며 잘하겠다고 대답했다.

화장품 가게마다 돌아다니면서 신제품 위주로 상품을 골라 샀다. 처음 시크릿 박스를 시작할 때는 상품을 구매할 돈이 없어서 가게에서 테스터 제품을 써보면서 시크릿 박스에 넣을 상품을 골랐다. 하지만 이제는 화장품을 살 수 있다. 화장품 본품을 쓰니까 이점이 많다. 학교에 가져가 반 아이들에게 써보라고 하면서 의견

을 들을 수도 있다. 테스터를 쓸 때는 여울과 다솜 둘이서 결정을
해야만 했다.

여울과 다솜은 쇼핑몰 앞에서 지후와 유준을 기다렸다. 저녁에
셀라 화장품 회사 사람들을 만나기로 했다. 신제품이 나왔다며 먼
저 연락이 왔다. 시크릿 박스의 판매가 늘어나자 화장품을 보내주
는 회사들이 생겼다. 시크릿 박스에 납품되기 위해서다. 납품되어
팔리는 양은 그리 많지 않지만 시크릿 박스에 들어가게 되면 광고
효과가 아주 크다. 자연스레 십대에게 브랜드 광고가 되어 다른
제품들까지 매출이 늘어나기 때문이다.

지후와 유준이 도착했다. 넷은 약속 장소인 패밀리 레스토랑으
로 갔다. 지하철 역 근처에 있어 찾기 쉬웠다.

"안녕하세요. 전화했던 영업부 박희남 과장입니다."

사십대 초반 정도의 말끔하게 생긴 남자가 자리에서 일어나 인
사를 했다. 여울과 통화했던 남자다. 몇주 전부터 셀라 화장품에서
만나자고 연락이 왔다. 여울은 샘플 화장품만 보내달라고 했다. 하
지만 박희남 과장은 전혀 부담스러워 할 필요 없다며, 시크릿 박
스를 만든 사람들을 한번 만나보고 싶어서 그런 것뿐이라고 했다.
아이들은 상의 끝에 오늘 만남을 약속했다. 화장품 회사 직원들을
직접 만나보는 것도 나쁘지 않을 것 같았다.

박희남 과장 옆에는 좀 더 어려 보이는 여자가 있었다. 여자는
제품 개발부 대리 김보람이라고 자신을 소개하며 아이들에게 명

함을 주었다. 아이들은 고개를 꾸벅 숙여 인사를 했다.

"혹시 명함은 없어요?"

"네. 아직 안 만들었어요."

"당장 만들어요. 앞으로 많이 필요할 텐데."

박희남 과장이 상냥하게 미소를 지으며 명함이 나오면 제일 먼저 자기를 달라고 말했다. 김보람 대리는 아이들에게 의자를 가리키며 편히 앉으라고 했다.

"저녁 안 먹었죠? 메뉴판 보고 먹고 싶은 거 있으면 마음껏 시켜요."

김보람 대리가 아이들에게 메뉴판을 하나씩 건넸다. 아이들은 메뉴판을 천천히 넘겼다. 뭔가 어색하다. 선생님도 아니고 친척도 아니다. 이렇게 모르는 어른들과 마주 앉아 저녁을 먹다니. 마음껏 고르라고 했지만 뭘 골라야 할지 모르겠다. 메뉴들이 하나같이 다 비쌌다. 메뉴 하나가 피자 한판의 가격과 맞먹었다.

"여기 스테이크랑 크림 파스타가 맛있어요. 케이준 샐러드도 맛있고요."

아이들이 메뉴를 정하지 못하자 김보람 대리가 나섰다. 여울은 우리는 아무거나 다 잘 먹는다며 알아서 주문해 달라고 말했다.

"참, 이건 우리 회사에서 나온 신제품들이에요. 이건 CC크림인데 아주 뽀송뽀송하게 잘 발라져요. 커버력도 좋고요."

박희남 과장이 쇼핑백에서 화장품을 여러 개 꺼내 식탁 위에 늘어놓았다. 아까 여울과 다솜이 샀던 제품도 섞여 있었다.

"5월달 시크릿 박스에 우리 회사 틴트가 들어갔잖아요. 이건 그거 후속 제품이에요."

박희남 과장은 시크릿 박스에 들어갔던 화장품의 판매 실적이 좋다며 앞으로 잘 부탁한다는 말을 했다.

"어떻게 창업 할 생각을 했어요? 나 십대 때는 그런 거 생각 하지도 못했는데."

"앞으로도 시크릿 박스 계속 잘될 거 같아요. 정말 대단해."

박희남 과장과 김보람 대리는 계속해서 칭찬을 했다. 아이들은 그런 칭찬이 부담스러워 제대로 말을 못했다.

"참, 크리스털 뷰티 쇼에도 나간다면서요?"

김보람 대리가 텔레비전 프로그램 이야기를 꺼냈고, 아이들이 여울을 가리키며 여울이 나갈 거라고 알려 주었다.

"그 프로그램 메이크업 담당이 내 후배예요. 내가 여울양은 특히 잘 부탁한다고 말해둘게요."

"네, 고맙습니다."

"고맙긴요. 여울 양은 눈이 커서 방송용 화장하면 아주 예쁠 거예요."

지후와 유준이 일부러 소리 내어 "윽" 하고 말했고 여울이 째려보았다.

"넌 얼굴이 커서 문제야. 방송에는 두 배 더 커 보인다는데 아마 넌 보름달처럼 보일 거다. 화면 꽉 차서 다른 사람들은 나오지도 못할걸?"

지후가 굴하지 않고 여울을 놀려댔고 여울은 입모양으로 그만 하라고 했다.

"어머, 여울 양 얼굴이 뭐가 크다고 그래요."

김보람 대리가 손을 내저으며 걱정할 거 하나도 없다고 말했다.

"그거 접대용 멘트시죠? 너무 속보여요, 김 대리님."

지후가 이번에는 여울이 아닌 김보람 대리를 공격했다. 날이 선 게 아닌 장난스런 말투라 분위기가 좀 누그러졌다.

곧 주문한 음식이 나왔고 다 같이 음식을 먹기 시작했다.

"근데 지후 군이 바른 틴트는 어디 거예요? 발색력 너무 좋다."

김보람 대리의 말에 아이들이 동시에 웃음을 터트렸다. 지후를 처음 만나는 사람들은 다들 똑같은 질문을 한다. 지후는 매번 대답을 하는 것도 귀찮은지 가만히 있었다.

"얘 원래 이래요. 뭐 바른 게 아니고요."

유준이 지후 대신 대답을 했다. 자연스레 화제는 지후의 얼굴로 넘어갔다. 박희남 과장과 김보람 대리는 지후에게 어쩌면 그렇게 피부가 좋은 거냐며 피부 관리 비법을 물었다.

"그냥 뭐. 원래 그래요."

"에이, 원래 그런 게 어딨어요? 따로 바르는 거 있죠?"

지후가 혼자 질문을 다 받는 덕분에 나머지 아이들은 편하게 음식을 먹을 수 있었다.

저녁을 먹은 후 식당 앞에서 화장품 회사 직원들과 헤어졌다. 메인 메뉴에 이어 디저트까지 배가 터질 정도로 많이 먹었다.

"근데 우리 이렇게 얻어먹어도 되는 거야?"

지하철 역을 향해 걸으며 여울이 물었다. 오늘 너무 비싼 걸 얻어먹은 것 같다. 화장품 회사 직원들은 부담 갖지 말라고 했지만 다시 생각하니 부담이 된다. 식사 중에 몇 번 크리스털 뷰티 쇼 이야기가 나왔다. 방송에서 자기 회사 제품을 소개해주길 기대하는 것 같았다. 다솜도 크리스털 뷰티 쇼에 셀라 제품을 넣어야 하는 게 아니냐고 했다.

"우리 신경 쓰지 말자. 제품이 별로다 싶으면 소개 안하는 게 당연하지."

지후가 딱 잘라 말했다. 하지만 여울과 다솜, 유준은 소화가 되지 않는 기분이었다. 먹으면 안 되는 밥을 먹은 것 같다.

"근데 기분 되게 이상하다. 우리보다 나이 많은 사람들이 계속 우리한테 존댓말 쓰고."

"응. 계속 우리 기분 맞춰주려고 했잖아."

아이들은 모두 비슷한 생각을 했다. 오늘 만남은 어른과 아이의 만남이 아니었다. 보통 삼십, 사십대의 어른을 만나면 그들보다 아래 위치에 놓이게 된다. 하지만 오늘은 그렇지 않았다. 부담스럽긴 했지만 이렇게 대우받는 기분이 나쁘진 않았다.

"야, 안 되겠다. 앞으로 우리 화장품 회사 만나더라도 밥은 같이 먹지 말자. 이러다가 우리 큰일 나겠어."

지후가 상황을 정리했고 아이들은 앞으로는 화장품 회사를 만나더라도 차만 마시면서 이야기를 나누기로 다짐했다. 아직은 맺고 끊음을 분명하게 할 수 있는 나이가 아니다. 자칫 판단을 제대로 할 수 없을 수도 있고 뒷말이 나올 수도 있다.

여울과 다솜이 집에 가져가야 할 쇼핑백은 꽤 무거웠다. 쇼핑몰에서 산 것들과 화장품 회사에서 받은 화장품이 많다. 유준이 다솜을, 지후가 여울을 데려다 주기로 했다.

"야, 내가 들게. 줘."

지후가 여울에게 들고 있는 쇼핑백을 다 달라고 했다. 자신이 전부 다 들고 가겠다는 거였다.

"웬일이야, 네가?"

여울은 쇼핑백 두 개 중 조금 가벼운 걸 지후에게 건넸다. 하지만 지후는 쇼핑백 두 개를 다 빼앗아 양손에 들었다.

"너랑 다솜이랑 오늘 종일 고생했잖아."

지후와 유준이 함께 시장조사를 다니겠다고 했지만 여울이 괜찮다고 했다. 여자가 사용할 화장품이라 같이 다녀도 별로 도움이 되지 않기 때문이다.

"모든 게 다 꿈만 같아. 이렇게까지 잘될 줄 몰랐어."

여울이 활짝 웃으며 말했다. 판매량과 수익금은 점점 늘어나고 있고 시크릿 박스와 덩달아 아이들의 인기도 높아졌다. 갑자기 여울은 이 모든 게 다 꿈이면 어쩌나 걱정이 되었다.

"걱정 마. 절대 꿈 아니야."

여울의 꿈같다는 말에 지후가 산통 깨듯 무미건조하게 대답했다.

길을 걸으면서 여울은 오른손을 들어 제 머리를 쓰다듬었다. 지난 몇 달 동안 정말 수고 많았다, 라고 속으로 말하면서 말이다.

"한여울, 근데 너 왜 자꾸 머리 만지는 거야?"

지후는 한두 번 본 게 아니라며 버릇이냐고 물었다.

"아, 이거 실은 내 머리 쓰다듬는 거야."

"왜?"

"나한테 잘했다고 칭찬해주는 거야. 나, 칭찬 별로 못 받고 자랐거든. 잘하는 게 딱히 없었으니까. 그래서 내가 생각할 때 잘한 일이 있으면 스스로 칭찬을 해. 잘했어 한여울이라고 말하면서."

여울은 이제까지 아무에게도 이 말을 하지 않았다. 다른 사람들은 이 행동을 이상하게 여길 테니까.

"너, 비웃지 마."

여울이 경고를 해서인지 지후는 그에 대해 아무 말도 하지 않았다.

"지후야. 저기, 너 말이야."

"뭐?"

"아냐. 아무 것도."

여울은 지후에게 앞으로의 계획에 대해 묻고 싶었다. 이제 몇 달

뒤면 고3이 된다. 그때도 지후는 계속 시크릿 박스를 할 수 있을까? 여울과 다솜, 유준은 3학년이 되어도 학교를 다니면서 충분히 할 수 있다. 하지만 지후는 사정이 다르다. 지후는 인문계 고등학교에 다니고 있고 3학년이 되면 보충학습과 자율학습이 더 늘어날 거다. 지금은 담임선생님의 허락 아래 정규 수업만 받고 보충이나 자율학습은 빠지고 있지만, 3학년이 되어서도 그게 가능할 지 모르겠다.

"뭐가 궁금한데?"

"까먹었어. 다음에 생각나면 다시 물어볼게."

여울은 아직은 지후의 계획에 대해 듣고 싶지 않았다.

집 앞에 도착했다. 여울이 집으로 들어가려고 하는데 지후가 줄 게 있다고 했다. 지후는 쇼핑백을 바닥에 내려놓은 후 등에 메고 있던 가방을 열었다. 지후가 가방에서 꺼낸 건 3월 달 시크릿 박스 상자다.

"자, 받아."

"이게 뭐야?"

"지난번에 너만 우리한테 선물하고 넌 못 받았잖아."

여울은 유준에게 타블렛을, 다솜에겐 지갑을, 지후에겐 핸드폰 케이스와 터치펜을 선물했다.

"나 빚지는 거 싫어한다고. 그럼 나 간다. 잘 들어가라."

지후는 여울에게 손을 흔든 후 뒤돌아 가버렸다.

집으로 돌아온 여울은 지후가 준 상자를 열어봤다. 상자 안에는 에너지음료와 비타민C, 그리고 책 한 권이 들어 있었다. 『너의 열정에게』라는 제목의 책이다. 처음에는 지후가 틱틱거리고 계산적인 줄만 알았는데 의외의 면이 있다.

책 표지를 넘겼다. 맨 앞장에 지후가 "한 걸음, 한 걸음 다 같이 걷자. 혼자 힘들게 다 하려고 하지 마"라고 적어두었다. 지후는 몇 번이나 여울에게 말했다. 시크릿 박스는 네 명이 함께 하는 것이니까 혼자서 다 책임지려 하지 말라고.

손으로 책표지를 쓰다듬었다. 지후는 큰 힘이 된다. 문제에 부딪힐 때 지후에게 물어봐야겠다는 생각이 제일 먼저 든다. 유준과 다솜도 도움이 많이 되지만 지후에게 가장 의지가 되었다. 여울과 다솜, 유준이 한쪽으로 너무 치우치려고 하면 지후가 잡아준다. 지후가 또래 같다고 느껴지지 않고 오빠처럼 느껴질 때가 많다. 그래서 지후가 시크릿 박스를 그만둔다고 할까 봐 두렵다.

여울은 상자에 든 가루 비타민C 봉지를 하나 뜯어 입에 털어넣었다. 아, 새콤하다. 혀 위에 가루가 녹아들며 기분까지 상큼해졌다. 아직 닥치지 않은 일은 미리 걱정하지 말자.

여울은 피곤했지만 책상에 앉아 크리스틸 뷰티 쇼 방송 준비를 했다.

오늘 크리스틸 뷰티 쇼의 녹화가 있다. 원래 다함께 방송국에 오려고 했지만 사무실 임대 문제로 나머지 아이들은 오지 못했다. 주문량이 늘어나 더 이상 지후네 집 지하실에서 시크릿 박스 작업을 하는 게 불가능해졌다. 지난 달인 7월 분까지는 발송횟수를 늘려 지하실에서 작업을 했지만 발송을 여러 번 나눠할수록 아이들의 수고가 늘었다. 게다가 상자 포장을 할 때 필요한 직원을 새로 고용했고, 가정집인 지후네 집에 사람들이 들락날락거리는 건 민폐였다. 그래서 시크릿 박스 사무실을 얻기로 했다. 여울네 아빠가 여울 학교 근처로 사무실을 알아봐주었고, 오늘 여울을 제외한 아이들이 계약을 하러 가기로 했다.

대신 방송국에는 여랑이 따라왔다. 여랑은 학원을 빠지면서까지 같이 오겠다고 했다.

"언니, 나 최수정 봤어!"

여울이 대기실에서 메이크업을 받고 있는데 여랑이 뛰어 들어오며 말했다. 최수정은 크리스털 뷰티 쇼의 메인 MC로 유명 가수 겸 탤런트이다.

"실물이 훨씬 예뻐! 여기 완전 신기해. 언니 정말 대단하다. 방송 출연을 다 하고!"

여랑이 호들갑을 떨며 말했고 여울은 "응응"이라고만 대답했다. 메이크업을 받는 중이라 제대로 말을 할 수 없었다. 요즘 여울을 대하는 여랑의 태도가 180도 달라졌다. 얼마 전까지만 하더라도 툭하면 여울을 무시했던 여랑이었다. 하지만 시크릿 박스가 유명해지자 여랑은 여울에게 애교웃음을 보이며 "언니, 언니"라고 불렀고 여울의 심부름도 곧잘 했다. 여랑이 먼저 나서서 친구들에게 제품 테스팅을 해다 주기도 했고 시크릿 박스 홍보도 적극적으로 했다.

메이크업이 다 끝났다. 여랑은 여울에게 연신 예쁘다는 말을 했다. 여울이 보기에도 메이크업을 받은 자신의 모습이 낯설 정도로 예뻤다. 집에서 혼자 한 화장과는 차원이 다르다. 메이크업과 헤어 그리고 예쁜 원피스까지. 여울은 마치 요정의 도움을 받아 변신한 신데렐라가 된 기분이었다.

"언니, 다솜 언니한테 메시지 왔는데."

여랑이 여울에게 핸드폰을 건네주었다. 뭐해? 라는 짧은 메시지였다. 사무실 얻는 데 무슨 문제가 생겼나? 여울이 무슨 일 있냐고 답 메시지를 보냈다.

— 아니. 그냥. 너 방송국 잘 갔나 궁금해서.

— 응. 지금 메이크업 마쳤어. 사무실 계약했어?

— 응. 여울아~ 근데 나 유준이랑 싸웠어 ㅠㅠ

"한여울 씨, 리허설 들어갑니다."

조감독이 대기실 문을 열고 들어와 알려주었다. 여울은 시간이 없어 다솜의 메시지에 답을 보내지 못하고 그대로 핸드폰을 여랑에게 주고 나왔다. 이따가 촬영 끝나고 연락해야겠다.

리허설을 위해 대기실에서 나와 복도를 걷고 있는데 아이돌 그룹 벡스가 걸어오고 있었다. 제오가 속한 그룹이다.

"안녕하세요."

여울이 벡스에게 고개를 꾸벅 숙여 인사를 했다. 여울이 인사를 하고 난 후 고개를 들어보니 제오뿐만 아니라 다른 벡스 멤버들도 의아한 표정을 짓고 있었다. 여울을 처음 보기에 후배 가수 누구였지 하고 생각하는 듯했다.

"근데 어느 그룹이었죠?"

제오가 물었고 여울은 아차 싶었다. 여울이 일방적으로 제오를 알고 있는 거였다.

"아, 저는 시크릿 박스의 한여울이에요. 그러니까 시크릿 박스는 그룹명이 아니고 상품이에요. 왜 오빠가 SNS에 저희 제품 올려주셨잖아요. 안 그래도 감사하다는 인사 꼭 드리고 싶었거든요."

당황한 여울은 주저리주저리 말을 늘어놓았다. 여울 스스로도 말이 너무 많다 싶었지만 끊지 못했다.

"아, 한 선생님 따님이시구나. 반가워요. 이야기 많이 들었어요. 오늘 촬영 있어요?"

제오가 활짝 미소를 지으며 물었다. 순간 여울은 딸꾹질을 했다. 저 미소구나. 여자아이들의 정신을 나가게 만드는 게.

"네. 크리스틸 뷰티 쇼 나가요."

여울이 딸꾹질을 하면서 대답을 했다. 제오가 들고 있던 물병을
여울에게 건네주었다.

"새 거니까 마셔도 돼요. 그럼 촬영 잘해요."

"네, 감사합니다."

제오가 벡스 멤버들과 함께 가버렸다. 하지만 여울은 한참 동안
그 뒷모습을 보고 서 있었다.

"한여울 양, 빨리 와요!"

조감독이 소리치는 게 들렸고 여울은 서둘러 스튜디오 안으로
뛰어갔다.

스캔들

"밥 먹으러 가자. 점심시간이야."

유준이 다솜의 어깨에 손을 올리며 말했다. 그제야 다솜은 4교시가 끝났다는 걸 알았다. 수업 시간 내내 멍한 상태로 있었다.

다솜은 느릿느릿 의자에서 일어나 유준과 함께 급식소로 향했다.

"여울이 오늘은 어디 간 거야? 신문사 인터뷰? 방송 촬영?"

같은 반 유라와 세미가 다솜에게 다가와 물었다. 여울은 오늘 학교에 오지 않았다.

"오늘 크리스털 뷰티 쇼 녹화가 있거든."

다솜 대신 유준이 아이들에게 알려주었다. 지난번 여울이 나간 크리스털 뷰티 쇼 방송분 반응이 좋아 여울은 두 회 더 출연하게 되었다.

"이러다가 한여울 크리스털 뷰티 쇼 고정 멤버 되는 거 아냐?"

"그러게. 방송 보니까 엄청 잘하더라. 한여울 연예인 다 됐다니까."

"반 연예인이지 뭐."

유라와 세미가 이야기를 하고 있는데 다솜이 그 아이들을 지나쳐 걸었다. 유준이 다솜의 뒤를 따라갔다.

"다솜아, 어디 아파?"

유준이 다솜의 이마에 손을 올리며 물었고 다솜은 유준의 손을 걷어내며 아니라고 대답했다.

"그럼 피곤해서 그래?"

이번엔 다솜이 고개를 가로젓지도 끄덕이지도 않았다. 요즘 계속 기운이 없고 기분도 별로다.

급식소에 도착해 밥을 먹는 도중에도 다솜은 별 말이 없었다. 유준은 계속 다솜의 눈치를 살폈다.

"우리 직원을 좀 더 늘려달라고 할까?"

유준도 피로에 시달리고 있다. 시크릿 박스를 시작한 이후로 하루에 4시간 이상 잠을 잔 게 손에 꼽을 정도다. 매달 다른 디자인의 시크릿 박스를 발송해야 하니까 디자인을 하는 것만으로도 바빴다. 게다가 유준이 디자인 담당이라고 해서 디자인만 하는 건 아니다. 제품 기획회의와 사업계획수립도 네 명이 함께 했다. 방학 중에는 학교에 나오지 않아 그나마 할 만했는데, 개학 후에는 학교생활과 병행해야 해서 더 정신이 없었다. 방학에 매출이 급격하게 늘다 보니 방학 중에도 계속 바빴고, 그때 제대로 쉬지 못해 피로가 누적된 상태다.

"우리 여울이한테 보너스로 겨울방학 때 여행 보내달라고 하자. 어때? 그러면 좀 나을 거야."

유준이 다솜에게 조금만 더 힘을 내자고 했다.

"그걸 왜 여울이한테 물어봐? 걔가 사장이고 우리는 직원이야? 왜 모든 걸 걔한테 허락받아야 하는 건데?"

"아니, 그게 아니라 다 같이 회의를 하자고."

"난 그만 먹을래. 넌 더 먹고 오든지."

다솜이 식판을 들고 일어섰다. 유준도 밥을 몇 숟가락 먹지 않은 상태지만 다솜을 따라 나왔다.

"김다솜, 너 왜 또 그래?"

유준이 다솜을 따라 걸으며 물었지만 다솜은 아무 대답도 하지 않았다. 유준은 슬슬 짜증이 나기 시작했다. 다솜의 투정이 또 시작됐다. 삐지면 왜 그런지 말도 해주지 않고 기분 나쁘다는 식으로 계속 툴툴대기만 한다. 그리고 SNS에 계속 우울하다고 글을 올리겠지. 언제까지 다솜의 기분을 맞춰줘야 하는 걸까? 다 귀찮다. 더 이상 다솜을 달래주고 싶지 않다. 유준도 기분이 상해서 더 이상 다솜을 따라가지 않았다.

1시부터 시작한 촬영은 저녁 7시가 되어서야 끝났다. 오늘 크리스틸 뷰티 쇼 마지막 촬영을 했다. 여울은 MC와 스태프들에게 일일이 고개를 숙여 감사 인사를 했다. 방송이 나가자 시크릿 박스의 매출이 더욱 상승했다.

대기실로 돌아온 여울은 긴장이 풀리면서 온몸의 힘이 죽 빠졌다. 여울은 바닥에 주저앉았다. 방송에서 여울이 나오는 분량은 얼마 되지 않지만 지난 한 달 내내 방송 준비를 무척 많이 했다. 혹여 방송에서 실수를 하게 되면 시크릿 박스에 좋지 않은 영향을 끼칠 것이기 때문에 여울은 촬영 3일 전부터는 대본을 보고 또 봤다. 여울이 출연했던 방송뿐만 아니라 다른 크리스털 뷰티 쇼 방송을 모니터하면서 언제 어떻게 말을 하면 좋을지 연습했다. 촬영 전날에는 밤을 거의 꼴딱 샜다.

가방에서 두통약을 꺼냈다. 요즘 두통약을 먹는 횟수가 늘었다. 관자놀이부터 시작되는 지끈거림은 금세 머리 전체로 퍼진다. 처음엔 두통약 한 알을 먹으면 괜찮아졌지만 요즘은 하루에 세 차례 이상씩 약을 먹고 있다.

간신히 기운을 차려 집에 갈 준비를 하고 있는데 문이 열리며 제오의 매니저 수현이 들어왔다. 오늘 크리스털 뷰티 쇼의 스페셜 게스트는 제오였다.

"여울아, 저녁 먹고 갈래?"

수현은 여울의 막내삼촌 친구로, 아빠가 제오의 반성문을 쓰게 된 것도 수현이 다리를 놓아서다.

"오늘 이왕 만난 김에 삼촌이 저녁 사줄게."

오늘 저녁에는 따로 일이 없었다. 여울은 알았다고 대답을 하고 가방을 챙겨 수현을 따라 나왔다.

지하 주차장에 차가 있었다. 뒷문을 열었는데 차 안에 제오가 앉아 있다. 여울은 깜짝 놀라 멈칫했다. 당연히 제오는 먼저 갔을 거라 생각했다. 하지만 제오의 단독 촬영이라 제오는 매니저인 수현과 함께 가야 할 터였다.

"얼른 타. 문 열고 서서 뭐해?"

"아, 그게."

여울은 차에 탈 수도 없고 그렇다고 안 탈 수도 없는 상황이었다. 여울의 마음을 알아차린 수현이 신경 쓰지 말고 타라고 했다.

여울이 차에 올라탔다. 옆 자리에 제오가 있다. 불과 20cm 거리다. 방송 촬영을 할 때보다 더 떨렸다.

"제오가 같이 먹자고 한 거야. 오늘 이 방송도 제오가 먼저 나가겠다고 한 거고."

여울은 제오에게 고개를 꾸벅 숙여 고맙다고 말했다. 오늘 촬영을 할 때도 제오는 여울의 방송 멘트를 살려주기 위해 노력했다. 제오 덕분에 여울은 지난 촬영 때보다 말을 더 많이 할 수 있었다.

"내 여동생이 네 열렬한 팬이야. 이것도 분명 좋아할 거야."

제오 옆에는 오늘 방청객 선물로 준 10월호 시크릿 박스가 있다. 게스트인 제오에게도 주었는데 제오가 직접 챙길 줄은 몰랐다. 제오는 SNS에 시크릿 박스를 올렸던 건 정말로 여동생이 좋아해서 였다고 했다.

"오빠 여동생이랑 많이 친한가 봐요."

"맞아. 얘 여동생 완전 예뻐해."

앞자리에서 운전을 하고 있던 수현이 끼어들며 말했다. 제오의 여동생은 제오보다 여섯 살 어린 중학교 1학년인데, 제오가 방송 에서 여동생 이야기를 많이 했다. 제오를 싫어하는 남자 안티팬들 은 그게 다 십대 여학생 팬을 끌기 위한 콘셉트일 거라고 했지만, 지금 말하는 걸 보니 그런 것 같지 않았다.

"아, 우리 이따가 사진 같이 찍자. 내 여동생이 오늘 촬영 끝나고 너랑 꼭 같이 사진 찍어 오라고 몇 번을 당부했는지 몰라. 방금 전 에도 문자 왔다니까."

"아휴, 무슨. 제가 뭐라고요."

여울이 손을 내저으며 말했지만 제오는 핸드폰을 꺼내 여동생 이 보낸 문자 메시지를 보여줬다. 정말 여동생이 사진을 찍어오라 는 미션을 내렸다.

"우선 여기에 사인부터 해줘. 내 동생 이름은 지민이야. 유지민."

제오가 시크릿 박스와 매직펜을 건네주었다. 여울은 쑥스러워 하며 상자 위에 사인을 했다.

크리스털 뷰티 쇼 방송이 나간 이후 시크릿 박스의 매출이 오른 것뿐만 아니라 여울의 인기도 더 많아졌다. 여울은 방송에서 생각보다 말을 잘했다. 잘난 척을 하지도 않고 그렇다고 말을 못하지도 않았다. MC 최수정이 시크릿 박스를 만들 생각을 어떻게 했냐고 칭찬하면, 여울은 "십대 누구나가 생각했던 걸 저희가 먼저 한 것뿐이에요. 시크릿 박스는 십대가 다 함께 만들어 가는 문화예요"라고 말을 했다. 겸손하지만 할 말을 다 하는 게 여울의 캐릭터였다. 여울은 요즘 십대 여학생들의 최고 워너비로 꼽힌다. 초등학생들이 만든 여울의 팬클럽까지 있을 정도다. 아이돌 스타인 십대는 평범한 십대가 꿈꾸기에 너무 예쁘기만 해서 멀게만 보인다. 하지만 여울은 여느 반에서나 볼 수 있는 평범한 여학생이다.

차를 타고 방송국에서 멀지 않은 식당으로 갔다. 식당에 들어서는데 제오가 모자를 푹 눌러썼음에도 불구하고 제오를 알아보는 사람들이 꽤 있었다. 다행히 십대 학생들이 없어서 다가와서 사진을 찍자거나 사인을 부탁하는 사람은 없었다. 하지만 사람들이 계속 힐끔힐끔 쳐다봤다. 제오는 이 상황이 익숙한지 별로 개의치 않았다.

수현이 몸보신을 하라며 삼계탕을 주문해주었다. 음식이 나오기 전 제오가 연신 하품을 했다.

"피곤하지? 이따가 밥 먹고 커피 마셔. 그래야 버티겠다."

제오는 눈을 반 정도 감은 채로 알았다고 고개를 끄덕였다.

"스케줄이 또 있어요?"

"촬영은 끝났고 연습실 가서 춤 연습해야 해. 다음 주부터 신곡으로 활동하거든."

여울의 물음에 수현이 대답했다. 수현은 벡스뿐만 아니라 요즘 활동하는 아이돌들의 수면 시간이 2시간을 넘기는 경우가 거의 없다고 알려주었다.

"2시간이요?"

하루가 24시간이나 되는데 2시간이라니 너무 적다. 여울은 시크릿 박스 일 때문에 하루에 4, 5시간을 자는데, 그것도 부족하다고 생각해왔다.

"너무 힘들겠어요."

"그래도 요즘 우리 그룹이 인기가 많아져서 좋아. 연습생 때는 지금보단 덜 바빴지만 언제 뜰지 몰라 많이 불안했거든. 뭐 지금도 걱정스러운 건 마찬가지지만."

제오는 자신에게 열광하는 팬들이 많지만 자신을 '갑'이 아니라 '을'이라고 생각한다고 말했다. 벡스보다 더 멋진 새 그룹이 나온다면 팬은 떠나갈 수가 있다며 말이다.

"팬은 좋아하는 연예인을 선택할 수 있지만 연예인은 팬을 선택할 수 없거든."

잠시 후 주문한 삼계탕이 나왔다. 여울은 밥을 먹으면서 제오가 한 이야기를 곰곰이 생각했다. 지금 시크릿 박스의 인기는 좋지만 더 좋은 다른 상품이 나온다면 상황은 어떻게 바뀔지 모른다. 언제까지 지금의 인기가 계속된다는 보장은 없다. 그렇다면 앞으로 어떻게 해야 할까. 여울은 새로운 숙제를 하나 얻은 기분이었다.

식사를 마친 후 식당 앞에서 제오와 헤어졌다. 수현이 커피를 마시고 가라고 했지만 여울은 괜찮다고 했다. 아침 일찍부터 움직였더니 피곤했다. 촬영을 하러 오기 전 다음 달 시크릿 박스에 들어갈 제품을 계약하느라 화장품 회사에 다녀왔다.

근처 버스 정류장으로 갔다. 인터넷으로 검색해보니 다행히 집까지 한 번에 가는 버스가 있다.

버스에 오른 여울은 맨 뒷자리에 앉았다. 시크릿 박스 앱에 들어가 고객들이 새로 올린 글을 확인했다. 개학을 했지만 올라오는 글의 개수가 줄지는 않았다.

페이스북에 친구들의 새 소식이 떴다. 다솜의 페이스북에 들어가보니 우울하다는 글이 올라와 있다. 오늘 학교에서 무슨 일이 있었나? 다솜이 페이스북에 올린 글들을 죽 읽어보니 다솜의 기분이 좋지 않은 것 같다. 요즘 다솜과 이야기를 거의 못 했다. 대화를 하더라도 주로 시크릿 박스와 관련된 것만 했다.

여울은 다솜에게 전화를 걸까 하다가 너무 피곤하여 그러지 못했다. 여울은 버스 창문에 기대어 잠이 들었다.

오늘 시크릿 박스 회의가 있다. 9월 매출 결산보고와 10월 판매 중간 점검을 위해서다.

사무실에서 저녁으로 피자를 시켜 먹은 후, 유준이 유선에게 받아온 9월 매출 결산 보고서를 아이들에게 나눠주었다. 시크릿 박스를 시작한 이래 수익금이 가장 높다. 하지만 그걸 본 아이들의 반응은 그저 그랬다. 3월 첫 시크릿 박스 판매 이후 구매자와 매출액은 점점 늘어나고 있다. 10월 판매를 개시한 지 일주일이 채 되지 않은 지금 판매 속도를 보면 10월은 9월보다 더 높을 거다. 처음 시작할 때만 하더라도 이 정도로 시크릿 박스가 많이 판매될 거란 기대를 하지 못했다. 하지만 매출액과 사업의 만족도는 비례하지 않는가 보다. 아이들에게도 한계효용체감의 법칙이 적용되었다. 맛있는 사과를 한두 개 먹을 때는 맛있지만, 계속 먹다 보면 처음처럼 맛있지 않고 물린다.

"11월은 어떤 거로 할까?"

여울이 11월 상품 콘셉트 회의를 하자고 했다.

"11월은 좀 재밌는 거로 해보자. 후발업체들과 비교해서 특색 있게 말이야."

지후가 후발업체에 대해 언급했다. 화장품업체에서 직접 시크릿 박스와 비슷한 콘셉트의 상품을 만들어 내고 있다. 아무래도 화장품 회사에서 직접 운영하다 보니 상품 가격이나 구성이 시크릿 박스보다 나은 게 많다. 지금 시크릿 박스가 십대들의 높은 지지를 얻어 운영되고 있지만 그 지지는 언제 사라질지 모른다. 여울은 제오가 말했던 '팬'의 실체에 대해 떠올렸다. 상품을 선택하는 건 전적으로 고객이다. 화장품 회사의 상품과 변별점을 찾는 게 시크릿 박스를 지속할 수 있는 열쇠다.

콘셉트에 대한 이런 저런 의견이 나왔지만 딱히 이거다 싶은 게 없었다. 두 시간 이상의 회의에서 건진 게 없다. 결국 11월 콘셉트 회의는 다음 주에 모여 다시 하기로 했다. 이대로 나오지 않는 아이디어를 억지로 짜내는 것보다 차라리 집에 가서 쉬는 게 나을 듯했다.

여울은 먼저 가보겠다고 말한 후 사무실에서 나왔다. 여울은 집에 가는 길에 선우 여사에게 전화를 걸었다. 요즘 바빠서 안부 전화도 도통 하지 못했다.

선우 여사는 아직 회사라며 시간이 되면 근처로 오라고 했다. 여울은 그 말을 듣자마자 행선지를 집이 아닌 선우 여사의 회사가 있는 삼성역으로 돌렸다.

"여사님, 잘 지내셨어요?"

약속 장소인 카페에는 선우 여사가 먼저 도착해 있었다. 아직 약속 시간인 8시가 채 되지 않았다. 약속 시간보다 10분 일찍 도착하는 게 선우 여사의 습관이다.

"그래. 잘 지냈니? 요즘 계속 바쁘지?"

"네. 하루하루가 어떻게 지나가는지 모르겠어요."

선우 여사는 여울을 위해 라벤더 차를 주문해 두었다.

"라벤더 향기가 마음을 편안하게 만들어준다."

선우 여사의 말을 듣고 여울은 찻잔을 들어 깊게 숨을 들이마시면서 향을 맡았다. 그 다음 차를 한 모금 마셨다. 따뜻한 게 몸 안에 들어오니 몸이 조금 나른해졌다.

"시크릿 박스가 잘되는데 얼굴은 왜 그러니?"

"피곤해서 그런가 봐요."

여울은 양 손바닥으로 얼굴을 문지르며 대답했다.

"사업이 쉽지 않지?"

"제가 감당할 수 없을 정도로 시크릿 박스 규모가 커졌어요."

"사업이란 게 그렇단다. 예상한 것처럼 진행되지 않아. 기대보다 못할 때도 있고 그 이상일 때도 있어. 너흰 처음부터 잘되니까 더 어려운 거야."

선우 여사는 처음부터의 성공은 오히려 독이 될 수 있다고 말했다. 여러 차례 실패를 했다는 건 그만큼 시도를 많이 했다는 뜻이고 그것은 다 경험으로 남아 다음 사업에 도움이 된다. 하지만 시크릿 박스는 아이들의 첫 사업이다. 경험이 부족한 상태에서 첫 사업을 지속하기란 결코 쉽지가 않다.

"잘되니까 더 두려워요. 매출이 낮을 때는 조금만 매출이 오르면 좋겠다 싶었는데, 막상 기대 이상으로 매출이 올라가니까 계속 이 상태가 지속될 수 있을까 걱정 돼요. 밤마다 이상한 꿈도 꾸고요."

"회사 문 닫는 꿈 말이지?"

"맞아요! 갑자기 회사가 사라지거나 망하는 꿈을 자주 꿔요. 꿈을 꾸고 일어나면 현실이 아니라서 다행이다 싶다가도 이게 예지몽이면 어쩌나 하는 생각도 들어요."

여울은 이 이야기를 친구들에게는 하지 못했다. 혹시나 친구들도 같은 꿈을 꿨을까 봐 두려웠고, 괜히 친구들을 걱정시키고 싶지 않았다.

"나도 그 꿈을 자주 꿨어. 요즘도 종종 그 꿈을 꾸고."

"정말요? 여사님도 그런 꿈을 꾸세요?"

선우 여사가 살짝 미소를 지으며 고개를 끄덕였다.

"나는 실제로 여러 번 회사 문을 닫기도 했어."

"여사님이요?"

여울이 놀라 눈을 동그랗게 뜨고 선우 여사를 바라봤다.

"어휴. 내가 망한 사업이 어디 한두 개겠니."

"전 여사님이 계속 성공만 하신 줄 알았어요. 유준이도 그렇게 말했고."

"그 녀석이 잘된 것만 이야기해 줬구나. 건강 음료 사업도 잘 안되서 접었고 초기 인터넷 사업에 잘못 투자해서 큰돈도 날렸지."

선우 여사는 아주 담담하게 자신의 과거 일을 이야기했다. 당시에는 화병에 걸릴 정도로 속이 많이 상했지만 지나보니 그게 다 경험이 되었다고 했다.

"사람들은 현재만을 보고 그 사람을 평가해. 지금은 내 사업이 잘되어가고 있으니까 나를 성공한 사업가로 봐주는 거지, 아닐 때

나는 허황된 늙은이 취급받아. 그래서 사업하는 사람들이 얼마나 웃기는 줄 아니? 일부러 좋은 차를 타고 명품 옷을 걸치는 사람이 많아. 나도 그 중 한 명이고."

선우 여사는 자신 역시 허례허식에서 벗어나지 못한 면이 있다고 말했다.

"여울아, 더 단단해져라. 사업이 아니더라도 앞으로 살아가면서 너를 흔드는 무수한 것들이 있을 거야. 그때마다 일일이 다 반응하다 보면 힘들어서 못 살아. 이건 내가 평생을 살면서 깨달은 거야."

선우 여사의 말을 듣고 있던 여울이 저도 모르게 고개를 끄덕였다.

"지후 녀석은 잘하고 있니?"

"네. 지후가 균형을 잡아줘요. 여사님도 아시다시피 저랑 유준이, 다솜이는 좀 기분파잖아요. 그런데 지후는 안 그래요. 신중하고 아주 이성적이에요. 맺고 끊음도 분명하고요. 전 지후의 그런 모습이 참 부러워요."

"그게 그 녀석의 장점이긴 하지. 하지만 그게 너무 강해서 문제야."

선우 여사가 씁쓸하게 미소를 지었다. 여울은 지후와 선우 여사 사이에 무슨 일이 있는지 자세히는 모르지만 둘의 관계가 안타깝기만 했다. 여울이 보기에 선우 여사는 항상 지후의 걱정을 했지만 지후는 견고한 벽을 세워 선우 여사와 조금도 소통하지 않으려 했다. 그럴 때 보면 지후는 꼭 떼를 쓰는 어린애 같기만 하다.

선우 여사는 여울을 위해 초콜릿 케이크를 하나 주문해주었다.

단 것을 먹으면 기분이 좋아질 거라며 말이다. 여울은 초콜릿 케이크를 포크로 잘라 입에 넣었다. 혀 위에 달콤한 케이크가 녹아들며 긴장된 마음이 조금 풀렸다. 오늘만큼은 시크릿 박스 생각을 하지 않을 거다. 잠시라도 시크릿 박스에 대한 무게를 덜어내고 싶다.

"아! 다음 달 시크릿 박스에 깜짝 선물로 초콜릿을 넣어야겠어요! 아무래도 11월은 기말고사를 앞두고 다들 긴장상태잖아요."

시크릿 박스 생각을 하지 말자고 다짐한 지 1분도 채 되지 않아 여울은 또 시크릿 박스 생각을 했다.

"헤헤. 여사님, 사업도 중독이죠?"

"날 보면 모르겠니? 내가 그리 여러 번 망하고도 사업을 계속 하는 이유가 바로 그거란다."

선우 여사가 웃었고 여울도 따라 웃었다.

여울이 막 잠들려고 하는데 여랑이 방으로 뛰어 들어왔다.

"언니, 좀 일어나봐! 지금 잘 때가 아니라고!"

"왜 그래? 나 너무 피곤해."

"이것 좀 보라니까!"

여랑이 여울의 얼굴에 핸드폰을 갖다 들이밀었다.

"뭔데 그래?"

잠결에 여울은 눈을 비비면서 핸드폰을 받아들었다. 인터넷 뉴스인데 화면에 보이는 건 멀리서 제오를 찍은 사진이다.

"언니, 정말 제오랑 그런 사이야?"

제오와 함께 있는 여자는 바로 여울이었다. 여울은 잠이 싹 달아났다. 눈을 크게 뜨고 기사를 봤다. 며칠 전 방송 촬영이 끝난 후 제오와 함께 저녁을 먹으러 갔을 때 찍힌 사진 같다. 여울은 모자이크 처리된 상태지만 뉴스를 읽어보면 십대 창업 S회사의 대표 H양은 누가 봐도 여울이다. 기사에는 제오가 지난 3월 SNS에 시크릿 박스를 홍보한 것도 모두 여울과 제오가 사귀는 사이였기 때문이라고 나와 있었다.

"지난번에 수현 삼촌이랑 셋이 저녁 먹었다고 했잖아. 그때 찍힌 거야."

여울이 설명했지만 사진 속에는 제오와 여울만 찍혀 있다. 게다가 기사에 뜬 사진 속에서 제오와 여울은 둘이 다정하게 나란히 앉아 셀카를 찍고 있다. 곧바로 여울은 이 상황이 기억났다. 식사가 거의 끝나갈 즈음 수현이 화장실에 갔고, 제오가 여동생에게 보여줘야 한다며 사진을 찍자고 했다. 여울은 여랑에게 그때 있었던 일을 차근차근 설명했다.

"하긴. 언니가 제오 오빠랑 그럴 리가 없지. 그런데 어떡해? 이미 인터넷에 이 기사 쫙 깔렸어. 언니 검색어 순위에 계속 올라 있다고."

인터넷 검색엔진에 시크릿 박스, H 대표, 한여울, 제오가 실시간 검색어 10위 안에 떴다. 기사에는 여울의 얼굴이 모자이크 처리되었지만, 그 사이 블로거들은 여울이 방송에 나갔던 걸 캡처해서 카페와 블로그에 올려두었다. 정말 발 빠른 사람들이다.

"언니, 근데 내일 학교 갈 수 있겠어?"

지금 학교가 문제가 아니다. 시크릿 박스는 괜찮을까? 제오의 팬들이 가만 있지 않을 터였다. 이렇게 되면 시크릿 박스 판매에 영향이 갈 수밖에 없다. 여울은 걱정스러운 마음에 더 이상 잠이 오지 않았다.

어긋난 퍼즐

여울은 아침 일찍 학교에 갔다. 다른 아이들이 등교하는 시간을 피하기 위해서다. 여울의 소식을 들은 유준도 일찍 학교에 왔고 교실 안에는 여울과 유준 둘만 있다.

"시크릿 박스 어쩌지? 타격 클까?"

"우선 지켜보자. 근데 너 오늘 괜찮겠어?"

여울네 반에도 제오의 팬이 꽤 많다. 학교에 와서 여울을 보게 되면 그 아이들이 가만히 있지 않을 거다.

"조퇴할래? 아니면 보건실 가 있던지."

유준의 물음에 여울은 뭐 별일 있겠냐며 교실에 그냥 있겠다고 했다.

아이들이 한두 명씩 등교하기 시작했고 유준의 걱정대로 여울은 교실에 있을 수 없었다. 여울네 반 아이들뿐만 아니라 옆 반 아이들도 쉬는 시간마다 여울을 보러 왔다. 결국 여울은 보건실로 피신해야만 했다. 수업에 방해가 된다며 담임선생님이 먼저 여울에게 그러라고 했다.

보건실 침대에 누워 여울은 인터넷 검색창에 '시크릿 박스'를 검색했다. 제오의 기획사에서 재빠르게 기사가 오보라며 여울과 제오가 아무 사이 아니라는 반박기사를 냈다. 다행히 스캔들 기사는 해프닝으로 끝났지만 시크릿 박스는 여전히 실시간 검색어에 올라 있다. 여울은 얼른 수업이 끝나기만을 기다렸다. 오늘 저녁에 긴급회의를 하기로 했다. 주문량의 변동이 생겼을까 봐 여울은 조마조마했다.

조용한 양호실에 누워 있으니 몸이 노곤해졌다. 밤새 잠을 못 잤더니 졸리다. 여울의 눈이 조금씩 감기기 시작했다.

얼마나 잤을까. 여울은 핸드폰 진동에 깼다. 발신자는 코로나 화장품 영업팀 이수창 과장이다. 샘플을 보내준다고 해서 몇 번 통화한 적이 있다. 주위를 둘러보니 보건실엔 아무도 없다. 여울은 침대에서 몸을 일으켜 통화버튼을 눌러 전화를 받았다.

"안녕하세요. 한여울입니다."

"한 대표님. 잘 지내셨죠?"

"네."

여울은 대표라는 칭호가 너무나 어색했다. 처음 시크릿 박스를 시작할 때 다른 사람들이 그렇게 부르면 그냥 '여울 양'이라고 불러 달라고 부탁했다. 하지만 선우 여사는 그런 여울을 꾸짖었다. 자리가 사람을 만든다. 여울이 십대로 보여야 할 사람은 구매자인 십대 고객들이고 거래처 사람들에게는 대표로 보여야 한다. 그래야 시크릿 박스가 바깥에서 대우를 받을 수 있다고 선우 여사는 말했다. 그 말을 듣고 여울은 낯간지럽지만 꾹 참았다.

"저희 회사에서 새로 출시된 파우더 팩트 받으셨어요? 지난주에 보냈는데."

"아, 네."

방송 때문에 정신이 없어서 다솜에게 맡겨두었다. 하지만 아직 사용해보지 못했다고 말할 수 없어서 여울은 얼버무렸다.

"저희가 시크릿 박스에는 출고가 그대로 납품할 거예요."

"네. 그런데 저희가 아직 회의 전이라서요. 회의 끝나고 연락드릴게요."

여울이 전화를 끊으려고 하는데 이 과장이 여울을 불렀다.

"뮤지컬은 재밌게 보셨어요? 그 티켓 좋은 자리 빼느라고 힘 좀 들였어요. 저희 회사가 협찬사이긴 하지만 워낙 인기가 좋다 보니까 VIP석은 초대용으로 잘 안 나오더라고요."

여울은 이 과장이 무슨 말을 하는지 이해가 가지 않았다.

"뮤지컬 티켓이라뇨?"

"어? 못 받았어요? 다솜 양한테 보냈는데."

"아, 네. 제가 지금 통화하기 곤란해서요. 회의 끝나면 다시 연락 드릴게요. 그럼 안녕히 계세요."

전화기를 침대 위에 내려놓은 후 여울은 양 검지손가락으로 관자놀이를 깊게 눌렀다.

분명 화장품 회사에서 보내는 선물을 받지 말자고 회의에서 이야기를 했다. 그런데 다솜이 뮤지컬 티켓을 받았나 보다. 얼핏 다솜이 그 뮤지컬을 보고 싶다고 말했던 게 떠올랐다. 예매 오픈한 지 3분 만에 전석이 매진될 만큼 인기가 많은 공연이다.

여울은 다솜에게 당장 문자를 보낼까 하다가 그만두었다. 지금 흥분한 상태에서 이야기하면 화만 낼 거다. 이따가 회의 때 잘 이야기를 해야겠다. 다솜이 기분 나쁘지 않게 잘 말할 생각이다.

여울은 침대에 누웠다. 다시 잠을 청하려고 했지만 여러 가지 걱정에 잠은 오지 않았고 두통만 더 심해졌다.

회의를 하기 위해 사무실에 모였다. 아이들의 얼굴이 다들 좋지 않다. 여울은 스캔들 때문에 하루 종일 마음고생을 했고 나머지 아이들 역시 계속된 피로 누적으로 상태가 좋지 않았다. 모두들 눈이 반쯤 감겨 있는 상태다.

"다행히 오늘 구매자가 줄지는 않았어. 오히려 조금 늘었어. 검색 순위에 계속 올라서 홍보가 됐나봐."

홈페이지를 관리하는 지후가 지난 한 달간 구매자 추이를 비교하며 말했다. 비로소 여울은 안심이 되었다. 이제까지 쌓아놓은 시크릿 박스가 한순간에 무너질까 봐 내내 걱정했다.

"정말 미안해. 나도 이런 일이 생길 줄 몰랐어."

여울이 사과를 했고 유준과 지후는 신경 쓰지 않아도 된다고 했다.

"근데 나 제오랑 정말 아무 사이 아니야."

여울의 말이 끝나기 무섭게 유준이 웃음을 터트렸다.

"크하하. 한여울, 너 정말 재밌어. 우리 중에 너랑 제오 사이를 의심할 사람이 어디 있다고."

유준을 따라 지후까지 웃었다. 여울은 괜한 말을 했구나 싶었다.

"내가 니들 웃기려고 그런 거야."

"얘가 진짜 연예인병 걸린 거 아니야?"

지후의 말에 여울이 손사래를 치며 절대 아니라고 했다.

지후는 오늘 이왕 만난 김에 내일 회의를 미리 하자고 했다. 내일 11월 시크릿 박스에 들어갈 제품에 대해 의논하기로 했다.

"아, 나 그 전에 할 말 있는데."

여울은 먼저 짚고 넘어가야 할 게 있었다.

"아까 코로나 화장품에서 연락이 왔어. 이 과장님 말씀이 뮤지컬 티켓을 보냈다고 하던데."

여울이 슬쩍 다솜을 쳐다보며 말했다.

"아, 그거 내가 받았어. 다시 돌려보내려고 했는데 이 과장님이 부담 갖지 말라고 해서."

"다솜아, 우리 그런 거 안 받기로 했잖아."

여울이 다솜을 타이르듯 말했다.

"그까짓 게 뭐라고. 그냥 공연 티켓 두 장 받았어."

"그거 돌려보내. 알았지?"

"이미 봤어. 지난주 일요일 공연이었다고."

다솜이 여울을 쳐다보지 않은 채 대답했다.

"유준이랑 본 거야?"

유준이 자긴 아니라고 고개를 저었다.

"다솜아, 그걸 보면 어떻게 해? 그런 거 다 청탁이란 말이야. 우리 안 받기로 분명히 다 같이 약속했잖아. 그런데 네가 그걸 깨면 어떻게 하자는 거야?"

여울의 말투에 살짝 짜증이 묻어났다.

"이미 본 걸 어쩌라고?"

다솜이 목소리를 높여 화를 냈다. 이러다가 다솜과 싸우게 될 것 같다. 여울은 흥분을 가라앉힌 후 표정을 풀고 말했다.

"그 공연 명이 뭐였어? 회사 돈으로 그 티켓 값 돌려보내는 걸로 할게. 다시는 그러지 마. 알았지?"

여울은 더 이상 티켓과 관련한 이야기를 하고 싶지 않았다. 얼른 11월 상품에 대한 회의를 시작하는 게 좋을 것 같다.

하지만 다솜은 이렇게 훈계 받는 식으로 이야기를 마무리 짓고 싶지 않았다. 왜 여울은 항상 타이르고 자신은 그걸 듣고 있어야 하는 걸까.

"그거 하나 받은 게 그리 큰 잘못이야? 그냥 뮤지컬 티켓이었다고. 군이 돌려보낼 필요까지 있어?"

"다솜아, 이건 우리가 약속한 거잖아. 이번 건은 내가 알아서 할테니까 넌 신경 쓰지 마. 신경 못 쓴 내 잘못도 있으니까. 아니, 내 잘못이 더 커."

여울은 다솜이 기분 상하지 않도록 자기 탓이라고 했다.

"야, 한여울!"

다솜이 소리쳤고 다들 깜짝 놀라 다솜을 바라봤다.

"너 되게 재수 없는 거 알아? 너 혼자 착한 척 고고한 척 다 하지. 차라리 화를 내. 다 자기 책임인 것처럼 말하고 자기 잘못인 것처럼 구는 게 착한 거냐? 너 그거 다른 사람들 병신 만드는 거야. 너 완전 가식적이야."

"다솜아, 너 무슨 말을 그렇게 해? 내가 언제 그랬다고?"

여울은 차분하게 말하려고 노력했다. 같이 화를 내서 좋을 건 없다.

"지금도 그래. 표정 하나 안 바꾸고 혼자 착한 척 잘난 척 다 하고 있잖아. 나만 잘못한 사람 만들고. 넌 그렇게 회사 걱정하는 애가 제오랑 만나 시시덕거리고 사진 찍고 노냐? 연예인들 파파라치가 항상 쫓아다니는 거 몰라? 인기 연예인이랑 스캔들까지 나고 너 아주 신났다. 그치? 네가 연예인이라도 된 기분이지?"

"나는 그날 우리 회사 홍보하려고 방송 나간 거야. 방송 준비하는 게 얼마나 힘든지 알아? 난 최선을 다 하고 있다고. 그러는 넌 요즘 블로그랑 페이스북 관리 왜 그렇게 소홀히 해? 업데이트도 잘 안 하잖아. 댓글 관리도 안 하고."

여울도 울컥하여 다솜에게 쏘아붙였다. 안 그래도 스캔들 때문에 마음이 편치 않은데 다솜이까지 여울의 마음을 몰라주니 화가 났다.

"너는 나가서 사장 노릇하고 나는 일일이 글이나 확인하는 잡일 하라고? 이게 무슨 우리 넷의 공동회사야? 너 혼자 사장 노릇 다 하잖아. 아, 몰라. 잘난 네가 다 알아서 해. 난 더 이상 이거 하고 싶지 않아."

다솜이 자리에서 벌떡 일어나 가방을 들고 사무실에서 나가버렸다.

"내가 따라가 볼게."

유준이 서둘러 다솜을 따라 나갔다.

"야, 김다솜! 김다솜!"

유준이 다솜의 어깨를 잡았다.

"너 왜 그래?"

"내가 뭘?"

"여울이한테 왜 그렇게 화를 내? 네가 잘못했잖아. 청탁 같은 거 안 받기로 했는데 받으면 어떡하냐?"

유준마저도 다솜을 탓했다. 최소한 남자 친구라면 먼저 내 편을 들어야 하는 게 아닐까? 다솜은 그런 유준이 야속하기만 했다.

"너도 봤잖아. 여울이가 나 한심하게 쳐다보는 거."

"여울이가 언제 그랬다고 그래?"

"쟤 항상 그래. 지금도 그래. 자기만 착한 척, 바른 척 다 하잖아."

다솜이 씩씩거렸다. 제 분에 못 이겨 몸이 바르르 떨렸고 당장 울음이 터질 것만 같았다.

"알았어. 네 말이 다 맞아."

유준은 지금 여울의 편을 들어 좋을 게 아무 것도 없다는 걸 알아차렸다. 우선은 다솜을 달래는 게 먼저다. 유준이 다솜의 어깨를 감싸 안으며 길을 걸었다. 다솜은 조금씩 안정을 찾아가는 듯했다.

"근데 너 그 뮤지컬 누구랑 봤어?"

"어?"

유준이 별 관심을 두지 않고 지나가듯 물었지만 다솜이 당황했다. 유준은 뭔가 이상한 걸 느끼고 다시 물었다.

"누구랑 봤냐고?"

다솜이 대답을 하지 않고 딴청을 피웠다. 유준이 다솜의 어깨에 두르고 있던 팔을 풀며 멈춰 섰다.

"너 설마 그거 성민이랑 봤어?"

"아니."

성민은 다솜이 중학교 때 사귀었던 옛 남자 친구다. 다솜이 시크릿 박스를 만들었다는 사실을 알고 얼마 전 성민이 다솜에게 연락을 해왔다. 성민이 다솜의 페이스북에 메시지를 남기는 바람에 유준이도 그 사실을 알게 되었다. 유준은 전 남친에게 연락 온 걸 못마땅하게 여겼고, 다솜은 더 이상 연락을 하지 않겠다고 약속했다.

"너, 성민이랑 봤지?"

다솜은 아니라고 했지만 유준은 믿지 않았다. 유준은 다솜에게 더 이상 캐묻지 않고 핸드폰을 꺼내 페이스북에 접속했다. 다솜의 페이스북에 들어가면 성민 것으로 연결이 된다. 옆에서 다솜이 보지 말라고 말렸지만 소용없었다.

성민 페이스북에 지난주 일요일 뮤지컬을 봤다며 올린 티켓 사진이 있었다. 다솜은 유준이 볼까 봐 일부러 페이스북에 올리지 않았는데 성민이 올릴 줄은 몰랐다. 다솜은 더 이상 거짓말을 할수가 없었다.

"네가 지난주 일요일 날 시간 안 된다고 했잖아. 정말 아무 일도 없었어. 그냥 뮤지컬 보고 밥만 먹었어."

"밥도 먹었어?"

"아, 저기 그게. 성민이가 뮤지컬 보여준 거 고맙다면서 밥을 사겠다고 하잖아."

다솜이 말을 하면 할수록 상황이 더 나빠졌다. 다솜이 유준의 팔을 붙잡고 변명을 했지만 유준이 다솜의 팔을 떨쳐냈다.

"맹유준, 맹유준!"

다솜이 몇 번을 불렀지만 유준은 돌아보지 않은 채 성큼성큼 앞으로 걸어갔다.

다솜과 유준이 나가고 난 후 여울은 가만히 자리에 앉아 있었다. 갑작스런 다솜의 행동에 여울은 정신이 멍했다. 지후는 인터넷을 하는지 노트북 모니터를 들여다보고 있다. 여울은 양손을 포개어 책상 위에 올려놓은 후 그 위에 이마를 댄 채 책상에 엎드렸다.

유준이 다솜을 좀 달래줬을까? 여울은 아까 상황을 다시 한 번 생각해 봤다. 다솜에게 화를 내려던 게 아니다. 오늘 하루 종일 말도 안 되는 스캔들 때문에 스트레스를 받은 상황에서 뮤지컬 티켓일까지 생기니 더 정신이 없었다. 여울은 감정을 조절하지 못했다.

"아무래도 내가 다솜이한테 말을 너무 심하게 한 것 같지? 다솜이가 일부러 그런 것도 아닌데 말이야."

여울은 주머니에서 핸드폰을 꺼냈다. 그런데 갑자기 지후가 여울의 핸드폰을 낚아챘다.

"뭐하려고?"

"다솜이한테 문자 보내려고."

"하지 마."

"왜? 다솜이 기분 상해서 나갔잖아."

"한여울, 너 그것도 병이야."

여울은 지후의 말을 알아듣지 못한 채 지후를 바라봤다.

"제발 그만 좀 다른 사람을 이해하려고 해. 먼저 원칙을 어긴 건 다솜이고 너는 할 말을 했을 뿐이야. 걔가 기분이 나쁜 건 둘째 문제라고. 자꾸 타인을 이해하려다 보면 너만 힘들어져. 네 딴에는 너 편하려고 그러는 거 같은데 그거 편한 거 아니야."

"나 편하자고 그러는 거 아니야. 나는 다솜이한테 미안하니까."

"뭐가 미안해? 그냥 둬. 그리고 네가 그러면 다솜이는 더 불편해져. 걔한테도 생각할 시간을 주라고. 무조건 이해하고 양보하는 게 상대방을 위하는 게 아니야."

지후가 답답하다는 듯 여울을 바라보았다. 지후는 다른 사람 기분을 먼저 생각하고 배려하는 여울의 행동이 불편하기만 했다. 여울은 시크릿 박스의 초기 실적이 좋지 않았을 때 모든 걸 자기 잘못인 양 굴었고, 이번 스캔들 사건 때도 다른 사람에게 피해를 줄까 봐 지나치게 안절부절못했다.

"그만 좀 남을 이해하고 배려해. 그거 어떻게 보면 엄청 이기적인 행동이야. 상대방을 네가 원하는 대로 억지로 끼워 맞추는 거라고."

"이해하고 배려하는 게 뭐가 나빠? 그래야 서로 편하다고."

"하나도 안 편해. 완전 부담스러워."

지후가 눈을 크게 뜬 채 여울을 바라보며 또박또박 말을 했다.

"서지후, 그렇게 생각하는 네가 더 이기적인 거야. 친한 사람이면 이해해주는 게 당연한 거라고."

"그게 왜 당연해? 억지로 상황을 봉합하는 것뿐이야. 난 그런 거 딱 싫어."

"네가 나보다 더 이기적이야. 너는 너무 다른 사람을 이해하려고 하지 않아서 다른 사람을 불편하게 하잖아. 네가 조금만 이해심이 있는 사람이었다면 선우 여사님한테 그렇게는 못 할 거야."

여울의 말에 지후가 인상을 쓰며 노려보았다.

"네가 뭘 안다고 나랑 할머니에 대해 이야기를 해?"

"아니, 네가 선우 여사님한테 너무 쌀쌀맞게 구니까. 네가 여사님을 이해할 수도 있잖아."

여울도 말을 꺼낸 후에야 아차 싶었다. 왜 선우 여사의 이야기가 나온 걸까. 하지만 한번쯤 지후에게 말하고 싶긴 했다. 지난번 여울이 선우 여사를 만났을 때, 여사님은 지후와의 일에 대해 이야기해주었다. 지후의 태도가 이해가 가지 않는 건 아니지만, 지후가 선우 여사에게 그러는 건 좀 지나쳐 보였다.

"잘났다, 한여울. 이해하는 건 잘난 너나 실컷 하고 살아."

지후는 손에 들고 있던 여울의 핸드폰을 책상 위에 탁 소리가 나도록 올려놓고는 가방을 들고 사무실에서 휙 나갔다.

아아, 이게 아닌데. 여울은 이 상황이 답답하기만 했다. 다솜과도 지후와도 다투고 싶지 않았다. 왜 일이 이렇게 꼬여버린 걸까. 조금 더 참을 걸. 친구들에게 괜한 말들을 해버렸다.

여울이 눈을 꼭 감은 채 두 손바닥으로 얼굴을 감싸고 있는데 핸드폰 벨이 울렸다. 눈을 살짝 떠 핸드폰을 바라봤다. 액정에는 저장되지 않은 번호가 떴다. 모르는 번호는 대부분 시크릿 박스와 관련된 회사들이다. 안 그래도 머리가 아픈데 회사 일까지 신경 써야 한다니.

여울은 전화를 받을까 말까 고민을 하다가 전화를 받았다.

동상이몽

　여울은 양손으로 컵을 쥔 채 컵을 계속 만지작거렸다. 약속 시간보다 일찍 도착해 아직 시간이 남았다.

　전화로 거절을 했지만 그 이후에도 몇 번 연락이 왔다. 만나서 이야기를 나누고 싶다는 상대방의 말에 결국 약속을 잡았다. 여울은 오늘 확실하게 거절을 해야겠다는 생각으로 나왔다.

　잠시 후 카페 문을 열고 사십대 중반의 남자가 들어왔다. 저 분인가? 여울이 긴가민가해서 바라보는데 남자가 여울을 알아보고 다가왔다.

　"한여울 양이죠?"

　"네."

　여울은 의자에서 일어나 인사를 했다. 남자가 지갑에서 명함을 꺼내 여울에게 주었고 여울도 명함을 남자에게 건넸다. 남자의 명함에는 〈아리아 화장품 기획부서 백찬 부장〉이라고 적혀 있다.

"다른 친구들은 같이 안 나왔네요?"

"네. 11월 상품 발송 때문에 바빠서요."

사실 여울은 친구들에게 오늘 아리아 화장품 관계자를 만나는 일에 대해 이야기하지 않았다. 안 그래도 바쁜 친구들을 더 정신없게 만들고 싶지 않았다.

"어떻게 생각은 좀 해봤어요?"

"네. 그런데 저희는……."

여울이 말을 하고 있는데 백 부장이 가방에서 파일을 꺼내 여울에게 내밀었다.

"한번 살펴봐요. 저희는 아주 긍정적으로 보고 있어요. 시크릿 박스를 더 크게 확장시킬 기회예요. 해외 진출도 고려하고 있거든요."

여울은 파일을 한 장 한 장 넘겼다. 아리아 화장품에서 시크릿 박스에 관해 조사를 많이 한 듯보였다. 현재 시크릿 박스의 가치와 가능성, 그리고 아리아 화장품이 인수했을 때 기대 효과를 정리했다. 아리아 화장품은 시크릿 박스를 인수하여 자회사로 만들려고 한다.

"인수 조건도 최대한 좋게 하려고 노력했어요."

백 부장이 파일 맨 마지막 장을 가리키며 보라고 했다.

"사업이라는 게 쉽지가 않아요. 지금 당장은 잘될지 몰라도 후

발주자들이 많이 생겨나고 있잖아요. 여울 양도 잘 알겠지만 학생들끼리 사업을 계속 하는 건 어려울 거예요. 저희 측에서도 시크릿 박스와 같은 상품을 제작 중이에요. 이왕이면 시크릿 박스의 취지를 살리는 게 좋을 것 같아 이렇게 제안하는 거예요."

백 부장은 조근조근 이야기를 했고 여울은 가만히 그 이야기를 들었다. 여러 화장품 회사에서 시크릿 박스와 유사한 상품을 내놓았다. 선점 효과 덕분으로 시크릿 박스가 가장 유명하고 판매량이 높지만 점점 대기업 화장품 회사에서 만든 제품들이 치고 올라오는 실정이다. 자본력과 마케팅 수단이 달리는 시크릿 박스는 점차 뒤처질 것이다. 아리아 화장품은 뒤늦게 시작하여 인지도가 없는 대신 시크릿 박스의 상표를 가져와 상품을 제작하고 싶어 했다. 그렇게 되면 둘 다에게 윈윈이지 않느냐고 백 부장이 말했다.

"저기."

백 부장의 말을 한참 경청하고 있던 여울이 말을 꺼냈다.

"이렇게 제안해주신 거 정말 감사하게 생각해요. 부장님께서 말씀하신 것처럼 비슷한 상품이 많아지면 저희 상품 매출이 줄어들 수 있어요. 저희가 사업에 대해 잘 아는 것도 아니고 경험도 많지 않으니까요. 하지만 저희 힘으로 계속 해보고 싶어요."

여울은 정중하게 거절을 했다. 백 부장은 자기들 사업이 내년 초에 시작할 거라며, 아직 시간이 있으니 생각이 바뀌면 다시 연락을 해달라고 했다. 여울은 백 부장에게 인사를 하고 카페에서 나왔다.

승강장 의자에 앉아 지하철을 기다렸다. 여울은 가방에서 백 부장에게 받은 파일을 꺼냈다. 파일을 보니 이제까지 자기들이 했던 사업구상과 계획이 아이들 장난같이 보였다. 아리아 화장품에서 만든 파일은 매우 전문적이다. 아리아에서 제안한 인수 비용도 적지 않다. 시크릿 박스의 1년 치 수익금보다 더 큰 돈이다. 백 부장의 말대로 앞으로 시장이 어떻게 변할지 모른다.

아리아 화장품의 제안을 거절하는 게 맞는 걸까? 아무래도 지후한테 물어봐야겠다. 여울은 지후에게 전화를 걸었다.

수화음이 다 가고 음성 사서함으로 연결될 때까지 지후는 전화를 받지 않았다. 아직 화가 풀리지 않은 건가. 지난번 말다툼을 한 이후로 지후와 풀지 못한 채 어영부영 넘기긴 했다.

지하철이 들어온다는 방송이 나왔다. 여울은 지하철을 타기 위해 자리에서 일어난 후에도 계속 아리아 화장품에서 받은 파일을 만지작거렸다. 지하철이 승강장 안으로 들어와 여울 앞에 도착했다.

여울은 지하철을 타기 직전, 의자 옆에 있던 쓰레기통으로 달려가 파일을 버린 후 재빨리 지하철에 올랐다.

여울에게 전화가 걸려왔지만 지후는 받지 않았다.

"누군데? 받아."

"아냐. 괜찮아. 아빠는 잘 있어?"

지후의 물음에 고모가 고개를 끄덕였다. 고모는 오늘 아빠의 면회를 다녀왔다. 대전에 사는 고모는 엊그제 서울에 출장이 있어 올라왔다. 고모는 지후에게 같이 면회를 가자고 했지만 지후는 괜찮다고 했다. 아빠가 지금 모습을 지후에게 보여주기 싫어하는데 억지로 찾아가면 아빠가 더 힘들 거다.

　"오빠 얼굴 좋아졌더라."

　"그래? 다행이네."

　3년 전 아빠는 일하던 회사로부터 고소를 당했다. 아빠는 컴퓨터 바이러스 백신을 만드는 회사를 친구와 함께 경영했는데, 아빠가 해외 측에 백신 기술을 팔았다는 혐의를 받았다. 아빠는 기술 자문이었을 뿐이라고 반박했지만 회사 측에서는 회사 운영자가 다른 회사의 기술 자문을 하는 것 자체가 계약 위반이라 했고, 실제로 아빠는 그 대가로 꽤 많은 돈을 받았다. 회사는 아빠에게 거액의 소송을 걸었다. 걱정하는 지후에게 아빠는 아무 일 없을 거라고 했다. 하지만 아빠는 소송에서 패했다. 해외 기업으로부터 받은 돈은 이미 다른 회사 투자 건으로 날려버린 상황이었다. 아빠를 도와줄 수 있는 건 할머니, 즉 선우 여사밖에 없었다. 회사에 보상금을 물어준다면 아빠는 감옥에 가지 않아도 되거나 형량이 줄었을 거다. 고모가 할머니에게 화를 냈던 것도 기억난다. 고모는 이대로 아들을 감옥에 보낼 거냐며 어떻게든 아빠를 도와야 한다고 했다. 하지만 할머니는 아빠를 도와줄 수 없다고 했다.

선우 여사가 외면하자 아빠는 어쩔 도리가 없었다. 아빠는 감옥에 가게 되었고 지후는 선우 여사의 집에서 살게 되었다. 아빠가 출소할 때까지 미국에 있는 엄마에게 가 있을까 생각도 했다. 하지만 엄마는 이미 재혼을 하여 지후의 동생을 둘이나 낳아 키우고 있었다. 아빠를 도와주지 않는 선우 여사가 원망스러웠지만 지후에게 다른 방법이 없었다. 지후는 선우 여사 집으로 오면서 선우 여사의 돈은 절대 받지 않겠다는 다짐을 했다. 어쩔 수 없이 선우 여사의 집에서 지내지만 최소한 선우 여사의 돈은 쓰고 싶지 않았다.

지후는 한때 선우 여사를 매우 자랑스럽게 여겼다. 지후의 눈에도 선우 여사는 성공한 여성 사업가였다. 하지만 아빠 사건 이후로 선우 여사에게 크게 실망했다. 선우 여사가 경영하는 회사를 팔았다면 아빠가 회사에 물어야 할 보상금을 해결할 수 있었을 거다. 하지만 선우 여사는 그렇게 하지 않았다. 어떻게 자식보다 돈이 우선일 수 있는지 지후는 선우 여사를 이해할 수가 없다.

"지후야, 이제 할머니 그만 미워해. 오빠 그렇게 된 거 엄마 잘못 아니야. 나도 그때는 엄마가 좀 원망스러웠지만 지금 생각해보면 엄마도 그럴 수밖에 없었어."

"할머니는 돈밖에 모른다고. 어떻게 자식이 감옥에 가는 걸 그대로 지켜보고만 있을 수 있어? 나라면 절대 안 그래. 그깟 회사가 뭐라고."

"엄마한테는 자식도 중요하지만 회사도 중요해. 엄마가 평생 일해 남은 건 지금 회사뿐이고, 오빠의 잘못은 보상금으로만 해결할 수 있는 게 아니었어. 오빠가 저지른 일은 아주 큰 잘못이야. 범죄라고."

고모가 지후의 눈치를 살피며 조심스럽게 말했다. 지후는 고모의 말을 듣고 싶지 않아 고개를 돌렸다. 아빠가 아무리 큰 잘못을 하였더라도 지후에겐 가족이다.

"지후야. 지금은 오빠도 후회하고 있어."

고모는 지후에게 오늘 아빠를 만나고 온 이야기를 들려주었다. 아빠는 이제야 자신이 저지른 일이 잘못이라는 걸 깨닫고 반성하고 있다고 했다.

"오빠가 그러더라. 그때는 새로운 회사를 차릴 생각에 눈이 멀었다고. 차라리 감옥에 들어와 벌을 받으니까 마음이 편하대. 너랑 떨어져 있는 게 마음 아프지만 자신이 저지른 일을 책임지는 대가라고 생각한대. 너한테는 미안한 마음뿐이래. 아직은 너한테 부끄러운 게 너무 많아서 널 만나지 못하는 거야."

지후는 아빠가 고모와 자기 이야기를 했다는 데 마음이 쏠렸다. 면회를 가도 자신을 만나주지 않는 아빠가 원망스러웠다. 아빠는 내가 보고 싶지 않나? 나의 안부가 궁금하긴 할까? 3년 동안 지후는 키도 많이 컸고 얼굴도 변했다. 지후는 변한 자신의 모습을 아빠에게 보여주고 싶었다.

"오빠한테 네가 하고 있는 시크릿 박스 이야기했더니 너무 좋아하더라. 네가 그런 사업을 해서 성공했다는 게 너무 신기하대. 역시 자기 아들이라나 뭐라나."

"정말? 아빠가 그렇게 말했어?"

고모가 그렇다고 고개를 끄덕였다.

"지후야, 겨울방학하면 고모가 다시 서울 올게. 같이 아빠 만나러 가자. 그땐 아빠도 널 만나려고 할 거야."

고모는 그 말을 한 후 방에서 나갔다. 다음에 아빠를 만나게 되면 시크릿 박스에 대해 더 자세하게 이야기할 거다. 지후가 만든 홈페이지와 앱에 관해서도. 아빠는 분명 잘했다고 칭찬을 해줄 거다.

침대에 누운 지후는 아까 여울에게 전화가 걸려왔던 게 생각났다. 여울이 다시 전화를 하지 않은 걸 보면 그리 중요한 일은 아닌 것 같다. 지후는 다음 회의 때 무슨 일이냐고 물어볼 생각에 부재중 통화를 그냥 넘겼다.

11월 시크릿 박스에 대한 평가 회의가 끝났다. 11월의 콘셉트는 '향기 있는 사람'으로 책과 함께 미니 향수를 넣었다. 11월은 시험이 없어 십대 학생들에게 여유가 있는 달이다. 그래서 시크릿 박스 구성품으로 '책'을 택했다. 시크릿 박스 회원의 아이디어였다.

책은 『사춘기 사용 설명서』로 20명의 유명인사가 십대에게 해주고 싶은 이야기를 모은 거다. 우려와 달리 반응은 좋았다. 11월호 시크릿 박스를 받고 처음엔 책이라 실망했지만 이번 기회에 책을 읽었다는 십대가 많았다. 시크릿 박스를 삐딱하게 보던 사람들도 11월호를 본 후 시크릿 박스가 십대의 외모만을 쫓는다는 비판을 하지 않았다.

일각에서 시크릿 박스가 지나치게 십대 뷰티에만 관심을 둔다며 비판하는 목소리가 있다. 그런데 재미있는 건 시크릿 박스가 비판을 받을 때 항변하는 건 십대 구매자들이라는 사실이다. 회사가 가만히 있어도 십대 구매자들이 나서서 시크릿 박스를 옹호했다. 십대가 무슨 화장이냐며 화장품을 시크릿 박스에 넣는 것을 두고 비난하는 사람들이 있다. 그러면 구매자들은 십대도 예뻐지고 싶은 욕구가 있다고 맞섰다. 많은 십대 구매자들이 시크릿 박스를 자신들의 것이라고 생각했다. 아이디어 역시 십대들 누구나가 낼 수 있었고 회사는 적극적으로 그들의 아이디어를 채택했다. 우수한 아이디어를 낸 회원은 이달의 시크릿 멤버로 선정되어 시크릿 박스 인터넷 홈페이지와 앱에 게재되었다.

"오늘은 여기까지 하자. 집에 가서 좀 쉬어야지."

유준이 기지개를 켜며 그만 정리하자고 했다. 평소보다 회의가 일찍 끝났다. 보통 이야기를 하다가 샛길로 빠져 회의 시간이 길어지고 저녁을 먹은 후 헤어지는 경우가 많다. 하지만 오늘은 회의시간에 다들 일과 관련된 이야기만 해 일찍 끝났다.

다솜은 친구들을 죽 둘러보았다. 여울이나 지후가 저녁을 먹고 가자는 말을 꺼내주길 바랐다. 하지만 누구도 그 말을 하지 않는

다. 아이들은 가방을 챙기느라 바빴다.

전등이 깜박거렸다. 아까 회의 때부터 그랬다. 다솜은 고개를 들어 전등을 바라보았다. 전등 두 개 중 하나가 깜박거렸다. 다솜이 손을 들어 전등을 가리키니 아이들은 아직 하나는 괜찮다며 다음에 갈자고 말했다.

"나 먼저 갈게. 내일 학교에서 봐."

유준이 그 말을 남기고 제일 먼저 사무실에서 나갔고, 지후도 그 뒤를 따라 나갔다.

사무실에는 다솜과 여울 둘만 남았다. 지난번 뮤지컬 티켓 건으로 다투고 난 후 다솜은 여울에게 화낸 걸 사과하려고 했지만, 여울이 먼저 잘못했다는 말을 했다. 먼저 사과를 하는 사람이 더 잘못을 한 거라고 생각했다. 하지만 아니다. 사과를 먼저 하지 못한 자가 결국에는 더 큰 잘못을 한 거다. 다솜은 약자가 되어버렸다.

"여울아, 배 안 고파? 저녁 먹고 안 갈래?"

한참 뜸을 들이던 다솜이 여울에게 물었다.

"어떡하지? 나 약속 있는데. 오늘 여랑이 생일이라서 가족들 다 같이 저녁 먹기로 했어."

"그래? 그럼 할 수 없지 뭐."

"다솜아, 나 늦어서 먼저 나갈게. 문단속 좀 해줘."

여울이 문을 열고 나갔다.

다솜은 멍하니 앉아 앞으로 어떻게 해야 할지를 생각했다. 여울도, 유준도 예전 같지 않다. 다솜이 전 남자 친구와 뮤지컬을 보고 왔다는 걸 알게 된 유준은 처음엔 크게 화를 냈다. 하지만 알게 된 첫날만 그랬다. 다음 날 학교에서 만났을 때 유준은 더 이상 그 일을 언급하지 않았다. 그날 이후로 표면적으로 달라진 건 없다. 학교에서 다솜은 여울, 유준과 셋이 함께 밥을 먹고 몰려다니고 사무실에 온다. 하지만 다솜은 셋이 있는 상황이 너무나 불편했다. 셋은 계속 겉도는 이야기만 했다.

블록을 쌓고 있는데 휘청휘청거린다. 분명 아래 부분 어딘가에 잘못 쌓은 부분이 있을 거다. 하지만 그걸 찾으러 다시 내려갈 수는 없고 그 상태로 계속 쌓다 보니 틈이 생겨 전체적으로 잘 맞지 않아 흔들리고 있다.

다솜은 책상 위로 얼굴을 묻었다. 가슴이 답답하다. 핸드폰을 켜 시크릿 박스 페이스북에 접속했다. 어제 다솜이 올린 화장법에 '좋아요'가 200개를 넘었다. 회사 페이스북은 주로 다솜이 관리한다. 처음 시크릿 박스가 인기를 얻으면서 활동을 할 때는 너무 신났다. 방문자 수가 늘고 댓글 수도 어마어마했다. 시크릿 박스의 인기가 곧 다솜의 인기처럼 느껴졌다. 하지만 언젠가부터 재미가 없다. 의무적으로 글을 올리고 댓글 확인도 잘 하지 않는다.

스크롤을 죽 내리는데 '불량 화장품 팔아서 돈 버니까 좋냐?' 라는 댓글이 눈에 띄었다. 한 사람이 계속 댓글을 달고 있다. 그 사람은 시크릿 박스에 들어간 화장품이 유통기한을 조작한 상품이라는 댓글도 썼다. 다솜은 무시해버렸다. 종종 시크릿 박스를 시기 질투하는 사람들이 비방 댓글을 달았다. 예전엔 이런 비방들에 화가 나 일일이 대응했는데 언젠가부터 그냥 넘기고 있다.

다솜은 개인 페이스북에 접속했다. 마지막 업데이트가 이주일 전이다. 시크릿 박스 페이스북 관리를 하다 보니까 시간이 없어 자연스레 개인 페이스북에는 자주 접속하지 못했다.

글쓰기 버튼을 눌러 '답답하다'라고 쓴 후 가만히 핸드폰을 들여다봤다. 그 다음 문장을 뭐라고 써야 할지 모르겠다. 결국 글쓰기 취소 버튼을 눌렀다.

예전 같았으면 일부러 유준과 여울이 자신의 마음을 알아주기를 바라 속상하다는 글을 남겼을 거다. 하지만 지금은 별로 그러고 싶지 않다. 대신 다솜은 친구들의 페이스북에 접속해 사진과 글을 봤다. 남친에게 받은 선물 사진을 올려놓은 아이도 있고, 성적이 떨어져 엄마한테 혼났다며 속상한 마음을 글로 쓴 아이도 있다. 다들 이런 저런 일들을 겪고 있구나. 그런데 이게 다 진짜일까? 글과 사진으로 본모습을 다 드러낼 수 있을까?

타인에게 보여지기 위해 꾸미거나 과장하는 것도 많다. 다솜도 그런 글을 많이 올렸다. 하지만 모든 걸 다 보여줄 수는 없다. 어떤 감정들은 창피해서 부끄러워서 차마 표현할 수 없다. 자신을 드러내는 게 좋지만은 않다는 걸 다솜은 비로소 깨달았다.

깜박거리던 전등 하나가 완전히 꺼져버렸고 명도가 반으로 줄어들었다. 지금 다솜의 마음도 딱 그렇다. 모든 게 부질없다는 생각이 든다.

　다솜은 손에 들고 있던 핸드폰을 책상 위에 내려놓은 후 저만치 멀리 밀어버렸다.

4부
우리들의 선택

SECRET
BOX

비밀을 터놓다

　악성 루머라 여겼다. 시크릿 박스의 인기가 높아지면서 시크릿 박스를 음해하는 이야기들이 종종 있었다. 여울의 아빠가 실은 대기업 화장품 사장님이라 시크릿 박스를 다 기획 제작한 후 대학 입학 수단으로 여울의 이름을 사장으로 올렸다는 이야기도 있었고, 곱상한 지후의 외모를 보고 지후가 동성애자라는 이야기도 떠돌았다. 지후와 유준이 인터뷰 때 다정하게 찍은 사진을 두고 둘이 사귀는 사이라는 루머까지 있었다. 아이들은 시크릿 박스의 인기가 많아지다 보니 어쩔 수 없는 일이라며 말도 안 되는 이야기들을 웃고 넘겼다.

　로션 사건 역시 그런 루머들 중 하나일 줄 알았다. 소문은 11월 중순부터 돌기 시작했다. 시크릿 박스에 들어가는 화장품들이 유통기한 지난 상품이라는 이야기가 나왔다. 아이들도 인터넷 몇몇 카페에서 그런 글을 보았다. 하지만 말도 안 되는 일이라 치부한 채 넘겼다. 때마침 12월 시크릿 박스 발송과 기말고사가 겹쳐 더 이상 생각할 여유가 없었다.

그런데 시크릿 박스 홈페이지에 항의 글이 올라오기 시작했다. 10월 시크릿 박스에 들어 있던 로션의 제조 날짜가 위조된 거라는 증거사진과 함께. 그때서야 아이들은 뭔가 잘못되었다는 걸 느끼고 10월 구성품이었던 로션을 살폈다. 셀라 화장품에서 납품받은 보습 기능이 강조된 로션이다. 구매자들의 말처럼 로션 상자에 제조 날짜가 적혀 있었는데, 그 아래 스티커를 떼보니 2년 이상 일찍 만들어진 제품이었다.

부랴부랴 셀라 화장품에 연락을 해 어떻게 된 일이냐고 물었지만 상관없다는 답변만 돌아왔다. 통상 개봉하지 않은 화장품은 유통기한이 3년이라며 문제 될 게 없다는 식으로 나왔다. 고객들에게도 그렇게 알리면 된다고 했다. 하지만 유통기한을 속여 판매한 건 엄연한 기만행위다. 인터넷에서는 시크릿 박스가 사기 회사라며 떠들썩하다.

오늘 아이들은 학교를 조퇴하고 셀라 화장품을 찾아왔다. 담당자인 박희남 과장과 직접 만나 문제를 해결하기 위해서다.

"이렇게 하시면 어떻게 해요? 이건 엄연히 사기잖아요."

"무슨 말을 그렇게 해? 우리가 못 쓰는 화장품을 판 것도 아니잖아."

박 과장의 태도는 매우 고압적이었다.

"우리 그거 원가 이하로 넘겼다고. 우리는 뭐 남는 게 있는 줄 알아?"

"지금 저희 회사가 그 로션 때문에 엄청난 타격을 받고 있어요. 저희가 의도적으로 제조 날짜를 속인 거로 알려졌어요."

지후는 최대한 흥분을 가라앉힌 후 말하려고 노력했다. 여기에 싸우러 온 게 아니다. 화장품 회사가 자신들의 실수라는 걸 인정하고 발표해주기를 바라서다. 제조 날짜가 위조된 건 10월 구성품인 로션 하나지만 고객들은 이제까지 판매된 모든 상품을 다 의심하고 나섰다. 10월호에 들어간 로션뿐만 아니라 다른 달에 들어간 화장품도 유통기한을 철저하게 조사해야 한다며 난리가 났다. 시크릿 박스가 의도적으로 유통기한이 지나 판매할 수 없는 것들을 모아 소비자에게 판 것처럼 매도되었다. 시크릿 박스는 순식간에 재고떨이 화장품을 판매한 곳이 되어버렸다.

당장 12월 시크릿 박스를 환불하겠다는 고객들이 생겼다. 12월 자체 상품은 문제가 없지만 고객들은 시크릿 박스를 믿지 못하겠다고 했다. 현재 시크릿 박스 홈페이지는 환불 요청 게시글로 도배가 되고 있다.

"우리가 회사 홈페이지에 올렸잖아. 우리보고 뭘 더 해달란 거야?"

셀라 화장품 홈페이지 게시판에 사과문이 하나 올라가 있긴 하다. 제조 날짜 스티커를 실수로 잘못 붙였다는 글이긴 한데, 홈페이지를 구석구석 찾지 못하면 잘 보이지 않는다. 홈페이지를 열었을 때 팝업창으로 바로 뜨는 게 아니라, 고객들이 잘 찾지 않는 회사 소식 게시판에 올려 있어 거기까지 가서 직접 클릭해야만 그 글을 볼 수 있다. 심지어 공지로 올라 있는 것도 아니다. 지후가 그 글을 복사해 시크릿 박스 홈페이지 팝업창에 뜨도록 만들었지만 훼손된 이미지를 회복하기엔 역부족이다. 고객들은 그 글을 믿지 않았다. 분명 시크릿 박스에서 알면서 방조했을 거라고 생각하는 이들이 많았다.

아이들은 급하게 자신들을 인터뷰했던 언론사에 연락하여 억울함을 알렸다. 하지만 이미 셀라 화장품 측에서 손을 써둔 다음이었다. 셀라 화장품 입장에서는 지금 돌아가는 상황이 최선의 시나리오다. 비난의 화살은 모두 시크릿 박스를 향해 있다. 셀라 화장품은 슬쩍 발을 뺐다. 사람들은 셀라 화장품의 과실보다 시크릿 박스의 의도를 더 의심했다.

"학생들, 우리도 바빠요. 학생들 징징거리는 거에 우리가 언제까지 대응해줘야 해?"

박 과장이 자리에서 일어서며 자기들이 해줄 수 있는 게 더는 없다고 했다.

"계속 여기 있을 거야? 우리 여기서 회의 있다고."

박 과장이 회의실 문을 연 채 문 앞에 서 있다. 나가달라는 뜻이다. 지후가 멍하게 앉아 있는 아이들의 어깨를 툭 치며 나가자는 말을 했다. 여울과 유준, 다솜은 힘겹게 자리에서 일어났다.

"사업이 뭐 애들 장난인 줄 아나."

아이들 등 뒤로 박 과장이 말하는 게 들렸다. 이름 뒤에 '양'과 '군'을 붙여 존칭을 하던 살가움은 더 이상 없다. 지금 화장품 회사 입장에서 아이들은 어린 학생일 뿐이다.

쫓겨나듯 화장품 회사에서 나온 아이들은 한참 동안 회사 앞을 서성거리다가 사무실로 갔다. 이렇게 멍하게 있을 수만은 없다. 당장 해결해야 할 문제가 한두 가지가 아니다.

"너무 억울해. 우리가 잘못한 거 아니잖아. 화장품 회사가 잘못한 건데 왜 우리만 피해를 입어야 해?"

홈페이지를 확인하던 다솜이 결국 참지 못하고 울음을 터트렸다. 다들 시크릿 박스를 사기꾼으로 몰아가고 있다. 시크릿 박스를 칭찬하던 목소리는 사라졌다. 시크릿 박스에 가장 크게 분노하는 사람들은 기존 구매자들이다. 가장 무서운 안티 팬은 과거 팬이었던 자들이다. 세상이 다 같이 손을 잡고 한편이 되어 등을 돌린 것만 같다.

아이들은 화장품 회사와의 계약서를 꺼내 내용을 살펴봤다. 이런 일이 생겼을 때 대처 방안 같은 건 없다. 계약서에는 간단하게 납품 개수와 단가, 납품일 정도에 관한 조항만 있다. 계약서를 작성할 때 잘 몰라 이렇게만 만들었다.

"우리 화장품 회사 상대로 소송하자. 그쪽에서 잘못한 거잖아."

유준이 변호사를 알아보자고 했다. 이렇게 사기 회사로 몰리는 건 너무나 억울하다.

"소송하면 몇 년이 걸릴 수도 있어. 비용도 만만치 않을 거고. 그리고 그때는 이미 사람들의 기억 속에서 시크릿 박스는 다 잊혀진 상태일 거야."

지후가 고개를 저으며 말했다. 안 그래도 지후는 아빠의 지인인 변호사 아저씨에게 자문을 구했다. 하지만 쉽지 않을 거라고 했다.

"그럼 이렇게 당하고만 있자고? 이대로 가다간 회사 문 닫을지도 몰라."

유준이 소리를 질렀다. 화가 나 미칠 것만 같다. 급기야 유준은 양 주먹으로 탁자를 쾅하고 내리쳤다. 하지만 분은 풀리지 않았다.

여울은 친구들을 살폈다. 유준은 화가 나 어쩔 줄 몰라 했고, 지후는 세상이 다 끝나가는 것처럼 한숨을 쉬었고, 다솜은 계속 울고 있다. 여울은 자신의 선택이 후회가 되었다. 지난번 아리아 화장품의 제안을 받아들였어야 했던 게 아닐까? 그랬다면 이번 일은 수월하게 넘겼을 거다. 여울은 친구들에게 상의하지 않고 거절했던 일이 마음에 걸렸다.

또다시 심장이 크게 쿵쾅거린다. 여울은 오른손으로 가슴을 어루만졌다. 로션 사건이 터진 이후 계속 그랬다. 불안함과 초조함에 심장은 불규칙하게 뛰었고, 그럴 때마다 당장이라도 가슴속에 손을 집어넣어 심장을 꺼내 어디론가 던져버리고만 싶다.

아이들은 분함과 서러운 마음에 아무 말도 하지 않고 있다. 배터리가 다 된 로봇처럼 멍하니 멈춰 있다. 그렇게 아이들이 자리에 가만히 앉아 씩씩대고 있는데 깜박거리던 전등이 꺼졌다. 지난번 전등 하나가 나가 교체한다는 말만 하고 그대로 두었더니, 결국 남은 한 개도 수명이 다했나 보다.

사방이 어두워지니 씩씩거리던 아이들의 숨소리도 잦아들었다. 여울은 차라리 어두운 이 상황이 나았다. 친구들의 얼굴을 보지 않을 수 있으니 덜 미안했다. 하지만 심장은 계속 불규칙하게 요동쳤다.

어둠 때문인지 여울은 사무실에 혼자 있는 듯했다. 그래서 이야기를 꺼낼 수 있었다.

"저기, 나 너희들한테 할 말 있어."

여전히 주변은 조용했고 여울은 이어서 말을 했다.

"한 달 전에 아리아 화장품에서 연락이 왔어. 시크릿 박스를 인수하고 싶다고 말이야. 그런데 내가 너희들한테 물어보지도 않고 거절해버렸어. 그때 회사를 넘겼으면 이런 일이 없었을 텐데……미안해."

여울은 그간 마음을 무겁게 누르고 있던 걸 털어놓았다.

"나 마음이 편했던 적이 없어. 너희들한테 숨기고 말 못한 게 내내 마음에 걸렸어. 근데 내가 너희들한테 이야기하지 못했던 건 내가 자신이 없어서 그랬어. 그때 회사 운영하는 게 너무 힘들었고 나부터 회사를 넘기고 싶었거든. 그래서 말 못했어. 미안해……
정말로 미안해."

아무도 대꾸를 하지 않았다. 여울의 이야기를 들은 친구들은 무
슨 생각을 하고 있을까? 날 원망하겠지? 미울 거다. 그건 너무 당
연하다. 여울은 친구들의 반응이 조금도 서운하지 않았다.

"여울아."

어둠 속에서 다솜이 여울을 불렀다. 여울은 다솜에게 어떤 말도
들을 준비가 되어 있다. 친구들이 비난을 하고 원망을 한다면 피
하지 않고 다 받을 거다.

"사실은 나…… 너 질투했어."

여울은 다솜의 말이 뜬금없었지만 무슨 말이냐고 묻지 않고 다
솜의 다음 말을 기다렸다.

"그냥 네가 밉더라. 너만 주목받는 거 같으니까. 다들 대표인 너
만 찾잖아. 그래서 좀 심통이 났어. 미안해."

다솜은 마음속 깊숙이 자리 잡고 있던 이야기를 꺼냈다. 다솜은
시크릿 박스의 성공이 마냥 기쁘지만은 않았다. 시크릿 박스 때문
에 여울, 유준과 함께 하는 시간은 늘어났지만 오히려 둘과 사이
가 더 멀어진 기분이 들었다.

다솜의 고백에 여울은 아무 말도 할 수 없었다. 다솜이 이런 생
각을 하고 있을 줄 몰랐다. 바쁘다는 핑계로 친구인 다솜에게 신
경을 쓰지 못했다. 언젠가부터 다솜이한테 "다음에", "다음에"라

는 말만 했다. 여울이 다솜에게 미안하다는 말을 하려는데 이번엔 유준의 목소리가 튀어 나왔다.

"다솜아, 미안해. 그동안 너한테 계속 속 좁게 군 거. 내가 너한테 힘이 되어주었어야 했는데…… 정말 미안하다."

지난 1년 간 너무 달리기만 했다. 매달 시크릿 박스를 만들어 내야 해서 정신이 없었다. 몸도 마음도 여유가 없어 유준은 다솜이 힘들어 하는 걸 알면서도 모른 척했다.

유준이 무슨 말을 하는지 여울과 지후는 잘 알지 못했다. 유준과 다솜 사이에 무슨 일이 있긴 있었나 보다고 짐작할 뿐이다. 하지만 다솜은 그동안 유준에게 쌓였던 서운한 감정이 조금씩 녹아내리는 듯했다.

"니들 지금 뭐하는 거야?"

지후가 핸드폰 전등을 켜 책상 위에 올려두었고 그제야 서로의 얼굴이 보였다. 여기엔 우리들이 있다.

"갑자기 웬 사과 퍼레이드? 으, 나 이런 분위기 딱 질색이라고. 난 너희들한테 미안한 거 없으니까 사과 안 해도 되지?"

"아니, 서지후 너도 사과해. 매번 우리 가르치려고 하는 거 밥맛이라고."

유준의 말에 여울과 다솜도 맞다고 했다.

"어, 이것들 봐라? 어리석은 중생들을 구제한 게 누군데? 내가 나가서 전구 사올게. 우리 대책 회의 계속 해야지."

지후가 의자에서 일어났고 여울이 같이 가자며 따라 일어났다. 다솜과 유준이 단둘이 있을 시간을 마련해주어야 할 것 같았다.

사람들은 누구나 마음속 비밀을 가지고 있다. 숨기고 싶어 만드는 비밀도 있지만 어떤 것들은 차마 다른 사람에게 보여줄 용기가 없어 숨겨 두는 것도 있다. 아이들에겐 오늘 털어놓은 비밀이 그런 것들이다. 마음속 비밀상자를 연 아이들은 후련함을 느꼈다. 여전히 시크릿 박스는 오해를 받고 있고 해결된 건 아무 것도 없지만, 고백을 해서 그런지 여울은 조금 살 것 같았다. 미친 듯이 뛰던 심장이 조금 잠잠해졌다.

"한여울, 아리아 화장품 제안 건은 신경 쓰지 마. 네가 우리한테 말했어도 선택은 같았어. 유준이랑 다솜이는 어떨지 모르겠지만 난 끝까지 반대했을 거야."

지후가 길을 걸으며 말했다.

"아까는 말 못했는데 아리아 화장품이 우리한테 제안한 금액이 1억 5천이었어."

여울의 말에 지후가 걸음을 멈춰 섰다. 지후가 여울의 얼굴을 똑바로 바라보았다.

"겨우? 야, 너 시크릿 박스를 뭐로 보는 거야? 그 돈에 우리가 흔들렸을 것 같아?"

지후가 과장된 말투로 어림없다고 말했다.

"근데 네 눈빛은 왜 흔들리냐?"

"내가 뭘?"

"금액 듣고 놀랐지?"

"아니거든!"

지후가 성큼성큼 앞을 걸어가기 시작했고 여울이 같이 가자고 소리치며 그 뒤를 따라 걸었다.

지후는 12시가 다 되어서야 집으로 돌아왔다. 지금까지 계속 시크릿 박스의 결백을 소비자들에게 알리는 방안에 대해 회의를 했다. 지속적으로 시크릿 박스 홈페이지에 글을 올리고, 유명 블로거들에게 현 상황을 알리는 글을 올려 달라고 부탁하기로 했다. 시크릿 박스에 대한 근거 없는 이야기가 더 이상 퍼지는 것을 막아야 한다. 쉽지 않겠지만 계속해서 그 작업을 한다면 언젠가는 소비자들에게 시크릿 박스의 진심이 닿을 거다. 예전의 이미지를 회복할 수는 없더라도 사기 회사로 몰리는 것만은 막고 싶다.

집에 온 지후는 출출함을 느꼈다. 회의 때문에 저녁을 먹는 둥 마는 둥 했다. 사무실에서는 배가 고픈 것도 느끼지 못했다. 하지만 집에 왔더니 갑자기 허기가 몰려왔다. 지후는 주방으로 들어가 싱크대에서 라면을 꺼냈다.

냄비에 물을 데우고 있는데 주방으로 선우 여사가 들어왔다. 잠이 오지 않아 따뜻한 차를 마실 요량이었다.

"지금 들어오는 거야?"

선우 여사도 인터넷 뉴스를 통해 시크릿 박스에 생긴 일을 알고 있었다. 선우 여사가 보기에도 시크릿 박스에 불리하게 일이 진행되고 있다.

선우 여사는 냉장고 문을 열어 포장 팩을 하나 꺼냈다. 지후가 좋아하는 죽집의 상호가 적혀 있다.

"라면 말고 이거 먹어. 너 호박죽 좋아하잖아."

지후는 못 들은 척하고 가스레인지 앞에 서 있었다.

"고집 좀 부리지 말고 그냥 먹어."

지후는 라면과 호박죽을 번갈아 보았다. 늦은 밤에 라면보다는 호박죽이 훨씬 나을 거다. 지후는 가스레인지 불을 끄고 호박죽을 전자레인지에 넣어 데웠다. 그사이 선우 여사는 차를 마시기 위해 물을 끓였다.

2분이 지났고 전자레인지에서 조리 완료를 알리는 삐삐 소리가 들렸다. 지후는 호박죽을 꺼내 먹기 시작했다. 선우 여사는 맞은편에 앉아 차를 마셨다.

"그래서 앞으로 어떻게 할 생각이니?"

"우리가 결백하다는 걸 계속 알려야지. 지금으로선 그게 최선이야."

평소와 다르게 지후는 선우 여사의 물음에 통명스럽지만 순순히 대답했다. 내심 선우 여사의 조언을 듣고 싶었다.

"글쎄다."

선우 여사는 고개를 갸우뚱하며 차를 한 모금 마셨다. 선우 여사의 반응은 좀 의외였다. 당연히 좋은 생각이라고 말해줄 줄 알았다.

"회사를 운영하다 보면 별별 일이 다 생긴단다. 예상치 못한 대박이 터질 수도 있고 한순간의 실수로 회사가 문을 닫을 수도 있어. 그 실수는 내가 하지 않은 것이라 할지라도 책임은 대표가 져야 하는 거야."

지후는 선우 여사의 말 중 책임이라는 단어가 무겁게 다가왔다. 아빠도 지금 자신이 저지른 일을 책임지는 중이라고 했다.

"당장의 문제를 처리하는 데만 너무 급급해하지 말고, 진짜 너희가 지키고 싶은 게 뭔지 생각해보렴. 다 잃더라도 이것만은 잃고 싶지 않은 게 있을 거야."

"그러면 지금 우리가 하려는 방법이 별로 좋지 않다는 거야?"

"그건 너희들이 가장 잘 알겠지."

지후는 선우 여사의 말이 아리송하기만 했다. 우리가 정말 지키고 싶은 건 무엇일까.

호박죽을 다 먹은 지후는 그릇을 들고 일어나 싱크대로 갔다.

"네 아빠 일은…… 나도 너무 속상했단다. 어느 부모가 자식을 감옥에 보내놓고 마음이 편할 수 있겠니? 만약 휘석이가 병에 걸려 수술비가 필요했던 거라면 나는 고민하지 않고 회사를 팔았을 거야. 나는 내 선택을 후회하지 않아. 그게 내가 아들을 지키는 방법이었어."

지후는 아무 대꾸하지 않고 개수대에 그릇을 내려놓았다. 지후가 주방을 나가는 동안에도 선우 여사는 그대로 식탁에 앉아 있었다.

아직은 완전히 선우 여사를 용서할 수 없다. 하지만 할머니도, 아빠도 조금씩은 이해가 간다.

"할머니, 방학하면 아빠한테 같이 가자."

지후는 등 뒤에 있는 선우 여사에게 그 말을 한 후 2층 계단을 올랐다.

결단

11시가 조금 넘어 현관문이 열리는 소리가 들렸다. 유준인가 보다. 요즘 유준은 계속 늦었다. 유선은 풀고 있던 문제집을 덮고 방에서 나왔다.

유준의 방 앞으로 가서 노크를 했다.

"나야."

"왜?"

유선은 이 말을 들어와도 된다는 뜻으로 받아들여 방문을 열고 들어갔다.

"일은 잘 처리하고 있는 거야?"

"그렇지 뭐."

유준의 눈은 반쯤 감겨 있다. 학교 가기 전에도 아이들끼리 모여 일을 하는 것으로 알고 있다. 한참 시크릿 박스가 잘되어 정신없을 때보다 더 바빠 보인다.

유선은 엄마에게 시크릿 박스의 소식을 전해 들었다. 유통기한이 문제가 된 10월분을 전액 환불 처리하기로 했단다. 게다가 상품을 돌려받지 않고 판매 금액 전부를 돌려준다는 거다. 유선은 아이들이 왜 그렇게까지 하는지 도저히 이해가 가지 않았다. 쇼핑몰 문을 닫으면 그만일 텐데 아이들은 그렇게 하지 않았다.

"너희들, 그거 다 환불하려면 돈이 얼마나 드는 줄 알아?"

"알아."

유준이 심드렁하게 대답했다. 10월분을 환불해주려면 이제까지의 수익금을 다 털어야 한다. 지후가 전액 환불을 해주자는 방법을 처음 제안했을 때, 유준은 별로 내키지 않았다. 1년 가까이 시크릿 박스에 쏟아부은 정성과 시간이 얼만데 수익금을 고스란히 내놓자니. 유준은 지후의 의견에 반대했다. 잘못을 한 건 유통기한을 속인 화장품을 납품한 셀라 화장품이지 우리들이 아니다. 억울했다. 억울하고 또 억울했다. 하지만 피해자는 우리들만이 아니었다. 시크릿 박스를 좋아했던 고객들도 또 다른 피해자다.

시크릿 박스는 십대가 만들어 나간다는 것에 의의가 있었다. 고객들은 시크릿 박스를 믿고 시크릿 박스에서 활동했다. 이 모든 건 시크릿 박스의 이름을 걸고 일어난 일이다. 그렇기에 모른 척할 수 없었고 그래서도 안 됐다.

아이들은 피해 고객들에게 진심을 전할 수 있는 가장 큰 사과의 방법이 무엇인지에 대해 이야기를 나눴다. 결국 유준과 나머지 아이들도 지후의 의견을 받아들였다. 시크릿 박스를 사랑해주었던 고객들에게 시크릿 박스가 책임을 지는 모습을 보여주고 싶었다.

"누나, 잔소리 할 거면 그만 나가줘. 나 엄청 피곤해."

유준이 옷을 갈아입지도 않은 채 침대에 누웠다.

"니들, 회계는 누가 하고 있어?"

"그거 할 정신이 어디 있어. 지금 고객 정보 확인해서 사과 메일 보내고 답장 받느라 정신없다고."

"내 그럴 줄 알았어. 그렇게 일 처리해서 어떻게 할 건데?"

잔소리가 지겨운 유준은 이불을 머리끝까지 뒤집어썼다. 유선은 유준이 하는 일마다 못마땅해하고 훈계를 했다. 유준도 유선이 자신을 한심하게 여긴다는 걸 알고 있다.

"내가 할게, 회계 일."

"누나, 우리 회계에 쓸 돈 없어."

"안 받아. 내가 돈 안 받고 해주겠다고, 이 멍청아."

유준이 침대에서 벌떡 일어났다.

"뭐?"

유준이 의심쩍은 눈으로 유선을 바라보았다. 다른 사람도 아닌 유선이 돈을 받지 않고 회계 일을 봐주겠다고? 유준은 자신이 잘못 들은 게 아닌가 싶어 다시 한 번 유선에게 확인을 했다.

"진짜 돈 안 받고 해준다고? 누나가?"

"지금 내가 가지고 있는 자료로 가상 금액 정리해서 네 메일로 보낼게."

유선은 그 말을 남기고 방에서 나왔다.

"고마워~ 역시 누나밖에 없어!"

유준이 소리치는 게 바깥까지 다 들렸다.

방으로 돌아온 유선은 책상 앞에 앉았다. 왜 자신이 아이들을 돕겠다고 한 건지 모르겠다. 동생에 대한 안타까움? 아니면 그동안 함께 일한 아이들에 대한 일말의 동정? 잘 모르겠다. 여전히 시크릿 박스의 아이들을 이해할 수 없다. 무모한 시작부터 무리한 마무리까지, 유선의 눈에 네 명의 아이들은 어디로 튈지 모르는 예측 불가능한 망둥이들로만 보인다. 하지만 이제는 저 아이들이 완전히 틀렸다는 생각은 들지 않는다.

환불 절차가 끝나고 어느 정도 일이 마무리 되어갈 무렵, 여울에게 한 통의 전화가 왔다. 두 달 전 연락을 해왔던 아리아 화장품의 백찬 부장이었다. 로션 사건이 터졌을 때 여울은 아리아 화장품의 제안을 받아들이지 않은 게 무척 후회가 되었다.

아리아 화장품은 여울을 다시 만나고 싶다고 했다. 여울이 무슨 일이냐고 묻자 지난번 제안을 다시 하겠다는 거였다. 여울은 친구들에게 아리아 화장품에서 연락 온 걸 알렸다.

이번에는 네 명이 다 같이 아리아 화장품 관계자를 만났다. 아리아 화장품은 여전히 시크릿 박스의 상표를 사고 싶다고 했다. 인수 조건은 지난 제안 때보다 줄어든 4천만 원으로, 거래가 된다면 1인당 천만 원씩을 받을 수 있다.

"이거 아주 괜찮은 조건이에요. 여러분들이 시크릿 박스 계속 운영할 거 아니잖아요."

백 부장은 시크릿 박스의 상황을 모두 알고 있다. 현재 시크릿 박스는 다음 달 상품을 기획하지 않고 있으며 판매 예정도 없다.

"아리아 화장품에서도 지금처럼 시크릿 박스를 운영할 건가요?"

여울이 조심스럽게 아리아 화장품의 판매 계획에 대해 물었다.

"저희는 매월이 아닌 분기별로 판매할 계획이에요. 아무래도 매달 화장품을 구입하는 건 십대 구매자들한테 부담이 될 테니까요."

아리아 화장품은 대신 가격을 높여 박스에 들어가는 화장품의 수를 늘릴 거라고 했다.

"시크릿 박스에는 화장품만 들어가나요?"

"물론이죠."

화장품 회사에서 운영하게 되면 당연히 화장품만 넣을 게 뻔한데, 그렇다는 말에 아이들은 조금 실망스러웠다.

"십대를 위한 맞춤 화장품 상자를 우리 회사도 예전부터 생각했어요. 십대 구매 고객이 점차 늘어나고 있으니까요. 비슷한 상품을 새로 기획해도 되지만 시크릿 박스를 재정비해서 취지를 이어

가고 싶어요. 물론 지금 시크릿 박스의 이미지가 많이 하락했지만 우리 회사에서 인수하면 이미지는 되살릴 수 있어요."

백 부장은 이대로 시크릿 박스를 접을 거라면 자기들에게 넘기는 게 좋지 않겠냐고 했다. 아이들은 상의를 해 본 후 다시 연락을 하겠다 말하고 백 부장과 헤어졌다.

사무실로 가는 길에 여울은 아이스크림을 먹으러 가자고 했다. 추운데 무슨 아이스크림이냐며 지후가 한마디 할 줄 알았는데 순순히 그러자고 응했다.

아이스크림을 먹으면서 아이들은 아무 말도 하지 않았다. 여울은 친구들의 눈치를 살폈다. 다들 무슨 생각을 하고 있는지 알고 있다. 다만 누구도 먼저 말을 꺼내지 못하고 있을 뿐이다.

"우리 아리아 화장품 제안 받아들이자. 어차피 이 상황에서 계속 운영할 수도 없잖아. 우리도 이제 곧 고3이니까 수능 보거나 취업할 거고. 아리아 화장품에서 제시한 조건 너무 좋은 것 같아. 이거 정말 잘된 일 아니야?"

여울의 목소리 톤이 평소보다 높았다. 아이들이 계속 조용히 있자 여울이 계속 말을 했다.

"진짜 좋은 기회야. 우리한테 돈도 준다잖아. 얼른 결정하자."

여울은 대답을 재촉했다. 친구들이 흔들리는 모습을 보면 여울도 또다시 흔들릴 것 같았다. 아리아 화장품의 제안은 아이들에게 남은 마지막 기회다.

"나도 여울이 말대로 하는 게 좋을 것 같아. 아무래도 지금 상태에서 계속하는 건 어려울 것 같아."

유준도 시크릿 박스의 이미지가 나빠져 다시 고객을 모으는 게 쉽지 않을 거라고 말했다. 게다가 아리아 화장품에서 제안한 금액은 결코 작지 않다. 1년 치 대학 등록금이 넘는다. 환불 문제로 그동안의 수익금이 다 사라져버렸기에 아이들에게 남은 돈은 없었다.

"그래. 시크릿 박스가 아예 없어지는 게 아니잖아. 이대로 회사 문 닫을 바에야 아리아 화장품에서 계속하는 게 좋을 거 같아."

다솜도 상표를 넘기는 데 동의했다. 지후는 아무 의견도 내지 않았다.

"서지후, 너도 동의하는 거지? 너야말로 제일 바빠질 거잖아. 고3 되면 이거 할 여유 없어. 너 공부해야지."

여울이 지후를 바라보며 물었다. 사실 지후는 지난 1년 동안 성적이 많이 떨어졌다. 1학년 때는 상위권이었는데 2학년 때 본격적으로 시크릿 박스 일을 하면서 중위권 밑으로 떨어졌다. 지후도 결국 그러자며 고개를 끄덕였다.

"그럼 다들 동의한 거다. 아, 이 체리 맛 되게 맛있다."

여울은 스푼으로 연신 아이스크림을 떠먹었다. 저 아래부터 올라오는 뜨거운 것을 꿀꺽하고 삼키고는, 차가운 아이스크림으로 완전히 밀어 내렸다.

내일 아리아 화장품 관계자와 만나 시크릿 박스 상표를 넘기는 계약을 체결하기로 했다. 그 전에 먼저 시크릿 박스 홈페이지에 시크릿 박스를 중단한다는 게시글을 올리기로 했다. 1월 시크릿 박스를 언제 판매하느냐는 문의 글이 간혹 올라왔지만 계속 답변을 하지 못하고 있었다. 남은 고객이 많지 않지만 더 이상 그들을 기다리게 할 수 없다. 공지사항에 앞으로의 시크릿 박스 계획에 대해 이야기한 뒤, 이제까지 성원에 고맙고 미안하다는 내용의 글을 올리기로 했다.

시크릿 박스 공지 글을 쓸 때 주로 아빠가 도와줬기에 이번에도 여울은 아빠에게 부탁을 했다. 아빠는 기꺼이 써주겠다고 했다.

아빠가 프린트된 종이를 가지고 여울의 방으로 들어왔다.

"여울아. 여기 읽어보고 고칠 거 있으면 말해줘."

여울은 아빠가 건네준 종이에 적힌 걸 차근차근 읽었다. 여울이 하고 싶은 이야기가 일목요연하게 정리되어 있다.

"아리아 화장품에서 인수한다니 얼마나 다행이야. 그동안 일한 수고금도 받을 수 있고 말이야. 지난번 일 터졌을 때 아빠도 속이 많이 상했어."

여울은 대답 대신 살짝 미소를 지어보였다.

"여기 USB에 저장해 뒀어."

아빠가 USB를 여울의 책상에 올려두었다.

"고마워, 아빠."

아빠가 문을 닫고 나갔다. 여울은 컴퓨터를 켠 다음 USB를 연결했다. 컴퓨터 화면에 아빠가 쓴 글이 떴다.

여울은 시크릿 박스 홈페이지에 접속했다. 이제 이 게시글을 올리면 모든 게 정리된다.

홈페이지 관리자 모드로 들어가 아빠의 글을 복사하여 게시판에 붙여넣었다.

마지막으로 저장 버튼을 누르기 전에 다시 한 번 아빠가 쓴 글을 찬찬히 읽었다. '발전', '더 큰 도약' 이란 말이 눈에 들어왔다. 아리아 화장품으로 가게 되면 시크릿 박스는 어떻게 운영될까? 지난번 미팅했을 때 아리아 화장품에서는 시크릿 박스를 화장품으로만 구성할 예정이라고 했다. 하지만 시크릿 박스는 단순한 뷰티 상자가 아니다. 십대 고객들에게 직접 필요한 물품을 조사하고 그걸 시크릿 박스에 채웠다. 화장품보다 다른 아이템의 물품들이 더 인기가 많았다. 화장품만 들어 있는 시크릿 박스……. 그건 다른 화장품 회사에서 만든 뷰티 상자와 다를 게 하나도 없다. 아리아 화장품의 계획이 진짜 발전과 도약이 맞을까?

여울은 Delete 키를 길게 눌렀다.

아빠가 쓴 글이 전부 지워졌고 빈 화면이 떴다. 이 사과 글은 다른 사람에게 맡겨서는 안 된다. 여울 본인이 써야만 진짜 사과 글이 된다. 여울은 입을 앙다물고 키보드를 두드리기 시작했다.

두 시간 넘게 홈페이지에 올릴 글을 썼다. 15줄이 채 되지 않았지만 지우고 썼다를 반복하다 보니 시간이 꽤 오래 걸렸다. 친구들에게 상의를 하지 않은 게 마음에 걸렸지만 우선 저지르고 볼 거다.

여울은 심호흡을 크게 한 후 저장 버튼을 눌렀다. 홈페이지에 다시 접속해보니 팝업창에 여울이 쓴 글이 보였다.

— 시크릿 박스를 사랑해주신 분들에게

오랜만에 인사드리네요. 지난번 유통기한 사건으로 심려를 끼쳐드린 일 정말 죄송하게 생각하고 있습니다. 그 이후로 많은 분들이 시크릿 박스의 진심을 알아주시고 위로해주셔서 많은 힘을 얻었습니다.

시크릿 박스의 주인은 이걸 처음 생각한 저희들이 아닌, 시크릿 박스를 함께 만들어주셨던 여러분들이었습니다. 시크릿 박스는 여러분들의 아이디어와 응원으로 만들어갈 수 있었습니다.

여전히 다음 시크릿 박스를 기다리시는 분들이 계시다는 걸 알고 있습니다. 그분들에게 죄송한 말씀이지만 당분간 시크릿 박스는 휴식을 취할 예정입니다. 모 회사에서 시크릿 박스의 상표를 사고 싶다는 제안이 있었습니다. 하지만 시크릿 박스는 그 제안을 받아들이지 않을 생각입니다. 시크릿 박스는 십대를 위한, 십대가 만들어가는 문화니까요.

그동안 사랑해주시고 아껴주신 것에 대해 진심으로 고개 숙여 감사드립니다.

이제까지 여울은 많은 것을 양보하고 살았다. 여울 자신보다 주변 사람을 더 챙겼다. 여울은 그게 편했고 잘하는 일이라고 생각했다. 하지만 이번만은 양보하고 싶지 않다. 친구들에게 미안하지만 이번만큼은 여울이 하고 싶은 대로 할 거다.

여울은 친구들에게 단체 메시지를 보냈다.

— 얘들아. 아무래도 시크릿 박스 못 팔겠어. 미안. 나 혼자 결정해 버려서. 홈페이지에 글 올렸어. 읽어봐 줘.

핸드폰을 쥐고 있는 여울의 손이 덜덜 떨렸다. 뭐라고 답장이 올지 두렵다. 친구들은 화를 낼지도 모른다. 한 명이라도 싫다고 하면 어쩌지?

10분이 지나도, 20분이 지나도 단 한 명에게도 답이 없었다. 아직 아무도 메시지를 확인하지 않은 걸까? 아니면 여울과 상대하기 싫어 다 같이 무시하는 건가?

한 시간 동안 여울은 핸드폰을 만지작거리기만 했다. 도대체 어떻게 된 건지 궁금해하고 있는데 지후에게 전화가 걸려왔다. 여울은 잔뜩 긴장한 채 전화를 받았다.

"여보세요."

"우리 지금 너희 집 앞이야. 당장 나와."

지후는 달랑 그 말만 남기고 전화를 끊었다. '우리'라고 이야기한 걸 보면 지후 혼자 온 게 아닌가 보다. 싸늘한 지후의 목소리로 미루어보건대 아이들 모두 화가 단단히 난 것 같다. 여울은 두 주먹을 꽉 쥐었다. 친구들을 만나 설득할 거다. 이대로 시크릿 박스를 넘겨버릴 수는 없다.

여울은 코트를 챙겨 입고 바깥으로 나왔다.

집 앞에는 지후와 다솜, 유준이 서 있었다. 다들 표정이 심상치 않다. 갑자기 시크릿 박스를 팔지 않겠다고 하니 아이들은 어이가 없을 거다. 여울은 친구들을 설득할 요량으로 다가갔다.

"저기."

여울이 말을 하려는데 지후가 성큼 여울 앞으로 가까이 다가왔다.

"잘했어, 한여울."

지후가 손바닥으로 여울의 머리를 쓰다듬으며 말했다. 지후는 다시 한 번 정말 잘했다는 말을 했다. 따뜻한 기운이 여울의 머리부터 발끝까지 타고 내려갔다. 여울은 고개를 올려 지후를 바라보았다. 지후가 웃고 있다. 다솜이와 유준이도 여울에게 다가왔다.

"너희들, 정말 괜찮은 거야? 반대 안 하는 거야?"

지후와 유준, 다솜이 동시에 고개를 끄덕이며 대답했다.

"당연하지!"

"난 원래 팔고 싶지 않은데 여울이 네가 계속 팔자고 해서 알겠다고 한 것뿐이었어."

"그래. 그깟 돈 천만 원 없어도 산다고."

아이들이 큰소리로 말했다. 여울은 참지 못하고 세 명을 한꺼번에 와락 안아버렸다.

"고마워. 정말로 고마워."

여울이 말했고 아이들은 서로를 안았다. 다들 두꺼운 옷을 입고 있어 서로를 껴안는 건 쉽지 않았다. 하지만 누구도 안고 있는 손을 풀지 않았다.

내일의 시크릿 박스

다시 지하실로 돌아왔다.

지후네 집 앞에는 택배회사에서 배달 온 상자가 잔뜩 쌓여 있다. 12월 판매분 중 500여 개가 반품되었다. 12월 호는 문제가 없었지만 문제가 되었던 10월분 로션 때문에 반품을 요청하는 고객들이 있었다. 아이들은 군말 없이 고객들의 요구를 들어주었다.

아이들은 상자를 들어 지하실로 옮기기 시작했다. 사무실 임대료를 낼 수 없어 얼마 전 사무실도 정리했다.

12월 말이라 날씨가 추웠지만 상자를 나르다 보니 이마에 땀이 맺혔다. 1년 전 처음 시크릿 박스를 시작했을 때가 떠올랐다. 그때도 이렇게 여울네 집에서 가져온 화장품 상자가 가득 쌓여 있었다. 다시 원점이다. 제자리걸음만 실컷 한 기분이다.

"우리, 1년 동안 뭐한 거냐?"

유준이 지하실 바닥에 상자를 내려놓으며 말했다. 유준과 지후가 지하실로 상자를 옮겨 오면 여울과 다솜이 그것들을 벽에 차례대로 쌓았다. 상자를 쌓을 때는 요령이 필요하다. 대충 쌓아올리면 상자는 균형을 잃는다. 차곡차곡 빈틈없이 잘 쌓아야 한다. 1년간 상자를 많이 쌓아봤기에 아이들은 누구보다 상자 쌓기는 잘할 수 있었다.

퇴근을 한 선우 여사가 잠깐 지하실로 내려왔다.

"상자가 참 많구나."

선우 여사는 고개를 돌려 지하실을 죽 둘러보았다. 아이들이 사무실을 얻어 나간 후 썰렁했던 지하실에 다시 온기가 돌았다.

"이 많은 걸 다 어떻게 해야 할지 모르겠어요. 어쩌면 1년 전이랑 이리도 똑같은지."

유준이 선우 여사의 팔에 매달려 볼멘소리를 했다.

"이걸 어떻게 해야 할까요, 여사님?"

"글쎄."

선우 여사도 잘 모르겠다는 듯 고개를 저으며 대답했다.

"어려운 시설에 기부를 해도 좋을 것 같구나. 뭐 그건 너희들이 차근차근 생각해보렴."

아이들은 선우 여사의 제안을 상자 처리 방안에 넣기로 했다. 이것들을 다시 팔고 싶은 마음은 들지 않았다. 그러기에 아이들은 너무 지쳤다.

"어쨌든 이건 다 너희들 거란다."

선우 여사가 그 말을 하고 지하실에서 나갔다.

아이들은 상자 앞에 가만히 서서 선우 여사의 말을 곱씹었다. 이 상자 안에 들어 있는 건 모두 우리들의 경험이다. 이건 우리의 것이다. 아이들은 상자를 쌓다 말고 벽에 쌓인 상자를 손으로 어루만졌다. 상자 하나 하나가 다 소중했다. 돌고 돌아 제자리로 돌아왔지만 이곳에 오기까지 많은 일들이 있었다.

여울의 집에 있는 화장품 재고를 판매하기 위해 일회성으로 시작했던 시크릿 박스가 1년이나 이어졌다. 시크릿 박스 전용상자를 만들고 그 안을 채울 상품을 생각했다. 도매업체를 직접 쫓아다니며 사정을 하여 단가를 맞췄다. 그렇게 3월호부터 12월까지 총 10개의 시크릿 박스를 만들어 냈다. 처음 판매가 부진해서 속상했던 일, 제오의 트위터 덕분에 갑자기 판매가 상승했던 일, 신문사 인터뷰를 하고 방송에 출연했던 일, 새롭게 사무실을 구해 나갔던 일, 수익으로 사고 싶었던 물건을 샀던 일 등등 그간 1년 동안의 일들이 아이들의 머릿속을 스쳐갔다. 얼핏 1년 전과 같은 상황처럼 보이지만 분명히 다르다. 원점으로 다시 돌아 왔고, 설사 제자리걸음을 했더라도 그 시간 동안 아이들의 다리 근육은 튼튼하게 변했을 거다.

"빨리 하자. 나 오늘은 학원 늦으면 안 돼. 엄마가 가만히 안 둔다고 했어."

다솜이 시계를 들여다보며 5시 전에는 나가봐야 한다고 했다. 여울도 일이 있다며 같이 나가자고 했다.

내년에 아이들은 고3 노릇을 하기로 했다. 다솜은 입시 학원에 등록했고, 유준은 실기를 위해 디자인 공부를 시작했고, 지후는 이번 겨울방학부터 보충수업을 하기로 했다. 그리고 여울은 중국어 회화를 배우며 그동안 따지 못했던 자격증을 딸 생각이다.

시크릿 박스는 당분간 중지다. 언제 어떤 모습으로 다시 시작될지 계획은 없지만, 돌아온다면 그건 아이들의 손을 통해서일 것이다.

상자들이 계속 쌓이고 있다.

■ 작가의 말

나는 제법 꿈이 많은 아이였다. 하지만 어느 샌가 현실의 기준에 나를 맞춰 세우면서 "이건 안 돼", "내가 저걸 어떻게 해"라며 시도도 하지 않고 계산부터 했다. 그저 그런 어른이 되는 게 정말 싫었는데, 내게 시시한 어른이 묻어 있었다. 그럴 때마다 십대 때 마음으로 돌아가자는 생각을 한다. 그런데, 요즘 많은 십대들이 기대하지 않고 꿈꾸지 않는 삶을 살고 있는 걸 보게 된다. 그럴 때면 그냥 좀, 실은 많이 슬프다.

2년 전 봄, 사태희 국장님으로부터 십대들의 창업 이야기를 써보면 어떻겠냐는 제안을 받았다. 나는 글쎄요, 라고 어정쩡하게 대답했다. 내 몫의 이야기가 아니라고 생각했다. 사업이라든지 경영이라든지 한 번도 관심을 가진 적이 없었으니까. 하지만 이야기들이 마구 떠오르기 시작했다. 제안을 받지 않았으면 어쩌려고 했을까 싶을 정도로 여울과 지후, 다솜, 유준이란 인물이 내 안에서 살아 움직였다. 아이들은 자기들끼리 이야기를 만들어 나갔다.

아이들이 어디까지 갈지, 어떻게 될지 나도 궁금해졌다. 그리고 이 이야기를 쓰면서 나도 무언가에 막 도전하고 싶어졌다. 내가 주인공 아이들이 된 것마냥 가슴이 뛰었다. 아이들이 경험한 잘된 실패를 나도 겪고 싶었다.

내가 이 글을 쓰면서 설렜던 것처럼, 이 글을 읽는 이들도 잠시나마 설렜으면 좋겠다. 조금만 더 기대하고 살았으면 좋겠다.

이 글을 쓰면서 여러 사람의 도움을 받았다. 내게 이야기 씨앗을 물어다 준 〈자음과모음〉의 사태희 국장님과 화장품 회사에 대해 상세히 알려준 〈올리브 영〉의 김보람 사원님, 글의 마무리 작업을 할 수 있도록 특별한 집필실을 제공해준 〈서울 프린스 호텔〉 분들에게 감사함을 전하고 싶다.

모두에게 기대하던 좋은 일이 생기길.

2015년 봄을 기대하며, 김혜정

시크릿 박스

© 김혜정, 2015

초판 1쇄 발행일 | 2015년 3월 3일
초판 8쇄 발행일 | 2022년 5월 9일

지은이 | 김혜정
펴낸이 | 정은영

펴낸곳 | (주)자음과모음
출판등록 | 2001년 11월 28일 제2001-000259호
주　소 | 10881 경기도 파주시 회동길 325-20
전　화 | 편집부 (02)324-2347, 경영지원부 (02)325-6047
팩　스 | 편집부 (02)324-2348, 경영지원부 (02)2648-1311
E-mail | jamoteen@jamobook.com

ISBN 978-89-544-3146-0 (43810)

이 도서의 국립중앙도서관 출판시도서목록(CIP)은 서지정보유통지원시스템 홈페이지
(http://seoji.nl.go.kr)와 국가자료공동목록시스템(http://www.nl.go.kr/kolisnet)에서
이용하실 수 있습니다.(CIP제어번호: CIP2015004234)